레테의 사람들

레테의 사람들
민혜 장편소설

초판 인쇄 2023년 09월 15일
초판 발행 2023년 09월 21일

지 은 이 민혜
펴 낸 이 양현덕
펴 낸 곳 (주)디멘시아북스
기획·편집 양정덕
디 자 인 이희정

등록번호 제2020-000082호
주   소 (16943) 경기도 수지구 광교중앙로 294 엘리치안빌딩 305호
전   화 031-216-8720
펙   스 031-216-8721
홈 주 소 www.dementiabooks.co.kr
이 메 일 dementiabooks@naver.com

ISBN 979-11-971679-6-6 03810
정 가 13,000원

ⓒ 민혜 2023 Printed in Korea

* 이 책은 저작권법에 따라 보호받는 저작물이므로 무단전제와 무단복제를 금하며, 책 내용의 전부 또는 일부를 이용하려면 반드시 저작권자와 (주)디멘시아북스의 서면동의를 받아야 합니다.

* 파본이나 잘못된 책은 구입하신 곳에서 바꿔드립니다.

제5회 디멘시아 문학상 공모전 소설 부문 대상 수상작

레테의 사람들

민혜 장편소설

나는 상처투성이의 엄마를 가슴으로 품으며
엄마가 하루빨리 레테의 강을 건너 지나온 영혼들에서
벗어날 수 있기를 간절히 기원했다.

DementiaBooks
디멘시아북스

| '레테의 사람들' 심사평 |

2021년 제5회 디멘시아 문학상
소설 공모전 대상 수상작

김은정(경남대학교 국어교육과 교수)

 제5회 디멘시아 문학상은 새로운 옷으로 갈아입었다. 그동안 소설에만 한정되어 있었던 공모 분야를 수기 부문까지 확대한 것이다.
 그래서인지 올해 응모 작품은 그 어느 때보다 풍성했다. 그러나 양적 확대를 넘어서 무엇보다 기쁜 것은 응모작의 수준 또한 전반적으로 우수했다는 것이다.
 소설 부문에서는 대상으로 민혜의 〈레테의 사람들〉을, 최우수상으로 장훈성의 〈소금꽃 질 즈음〉을, 그리고 우수상으로 김영숙의 〈과거의 굴레〉, 장려상으로 남순백의 〈어머니의 용돈〉을 각각 선정한다.

 대상 수상작인 민혜의 〈레테의 사람들〉은 중년을 넘긴

독신의 딸이 어머니의 치매와 맞닥뜨리면서 자신의 출생의 비밀과 어머니의 숨겨진 과거를 알아가는 과정을 그린 작품이다. 자신의 몸에 손을 대지 못하게 하거나, 몸속에 벌레가 기어다니는 것 같다는 어머니의 환각 증상이 의미하는 바가 무엇인지 하나하나 퍼즐을 맞추듯이 읽어가야 하는 작품이다. 그만큼 구성이 탄탄한 작품이라고 할 수 있다.

〈레테의 사람들〉은 치매 환자인 어머니의 증상을 이해하는 방식에서 따온 제목이다. 작품의 마지막 부분에 나오는 "엄마는 이제 레테의 강을 향해 가며 이승의 모든 기억을 내려놓을 것이다. 젖먹이인 나를 품다가, 자신마저 젖먹이로 돌아갔다가, 마침내는 소실점 저 너머로 사라지며 그 강을 건널 것이다."라는 문장에서 제목의 의미를 찾을 수 있다. 그러나 작품의 탄탄한 구성과 하나하나 살아 있는 여러 상징들의 생동감에 비해 이 작품의 제목은 다소 진부한 느낌이 드는데, 이 정도의 거론은 역으로 이 작품의 우수성을 보여주는 것이기도 하다.

공모전 심사자의 가장 큰 기쁨은 좋은 작품을 가장 먼저 읽을 수 있다는 것이다. 이번 공모전 역시 치매를 주제로 한 훌륭한 문학 작품을 가장 먼저 읽을 수 있어 정말로 즐거웠다. 그 기쁨을 주신 수상자들께 감사드리며 모든 분들의 한결같은 정진을 기원한다.

| 차례 |

'레테의 사람들' 심사평   4

송 노인   10
엄마는 어디로   24
뽕브라   41
엄마는 무너지는 중   51
청춘의 잔상   58
데폰타니   76
까막골 여자   107
어둠 고여 있는 네모 공간   115
끝이 어딘가요   125
나는 어디에   158
그 냄새의 근원   179
마지막 퍼즐   189

수상 소감   194

레테의 사람들

민혜 장편소설

송 노인

 웬 바람이 그리 부는지 낡은 창문틀이 통째로 떨어져 나갈 듯 흔들린다. 연회색빛 창밖엔 입자 고운 눈발들이 거친 바람에 회오리치듯 공중을 떠돌고 있다. 어떤 눈발은 하강도 못 한 채 제자리를 맴돌다가 다른 눈발에 휩싸여 사라진다. 베란다 창문을 열면 바람결에 눈송이들이 집안으로 날아들 거란 걸 알면서도 나는 창문을 활짝 열었다. 창문 여는 기미를 알아챈 송 노인이 안방에서 버럭 쇳소리를 지른다.
 "아줌마, 문 닫아, 추워."
 송 노인은 기운 없다고 비실거리다가도 창문만 열면 노기 탱천. 수탉이 하늘 향해 꼬끼오할 때처럼 목을 쳐들고 새된 소리를 내었다. 언제나 춥다는 말을 입에 달고 사는 저 노인네. 정말로 추워 그런 건지 아니면 일종의 습관성인지 모를 지경이다. 한쪽 문만 열어서는 환기가 안 되는지라 나는 주방 옆문도 마저 열려고 베란다에서 거실로 들어왔다. 그 사이 창문으로 들이친 눈발은 거실 바닥에 점점이 떨어져 물기로 번들거렸다. 안방에서 송 노인이 다시 악을 쓰는 소리가 들려온다.

"문 닫어, 문 닫어, 추워 죽겠어."

그 소리와 함께 집 안에 배어 있던, 나를 못 견디게 하는, 썩은 굴비 같은 노인의 체취가 내 후각을 찔러대었다. 거실 베란다 창문으로 들어오는 바람은 이 냄새를 오히려 실내에 머물게 하므로 통풍이 되도록 주방 창문도 열어 줘야만 한다. 주방 옆 베란다로 나가려는데 송 노인이 그예 쫓아 나와 잔소리를 하였다.

"아이고, 추워 죽겠다는데 왜 자꾸 문 여는 거야. 문 닫지 못해?"

나는 얼른 주방 쪽 창문을 열어 놓은 다음 노인의 늘어진 얼굴 피부와 상하좌우로 움씰거리는 주름을 쏘아보며 맞고함을 쳤다.

"입 다물고 빨리 욕실에 들어가 옷이나 벗어 놔요. 무슨 놈의 냄새가 이리도 고약한지 모르겠네. 씻겨도, 씻겨도,

도대체 아무 소용이 없으니…."

그때, 주방 식탁 위에 있던 핸드폰이 소리를 내었다. 나는 재빠르게 욕실 온풍기의 스위치를 올리고 욕조에 온수를 틀어 놓은 뒤 전화기를 손에 들었다. 선자였다.

"응. 웬일이야?"

"그냥, 잘 지내나 궁금해서. 코로나 땜시 집구석에만 박혀 있으려니 다들 궁금하네. 오늘 잠깐 볼까? 너의 집 근처에서?"

"이따 전화할 테니까 일단 끊자. 지금 우리 어르신 목욕시켜야 하거든."

"그래, 알았어. 허구한 날 힘들어서 어쩐다니? 나중에 연락하자."

내가 선자와 몇 마디 주고받는 사이 송 노인은 안방으로 들어가 장롱에 등을 기대고 앉아 씨근대었다. 나는 안방으로 들어가 송 노인의 두 손을 잡아 일으켰다.

"엄마, 이제 목욕해요. 물이 다 받아졌어. 온풍기도 틀어놔서 따뜻할 거예요."

그러자 송 노인이 입술을 실룩였다.

"아줌만 왜 자꾸 날 보고 엄마라고 하는 거유? 근데 우리 딸은 어딜 간 거야?"

나를 아줌마라 부르는 이 노인네 송순복, 실은 내 친엄마다. 그러나 어느 땐 내가 잠시 그녀의 딸이 되고, 어느 땐 그녀를 돌보는 요양보호사가 되고, 어느 땐 이웃집 여자가 되고, 또 어느 땐 버려진 자기를 거두어 준 과거의 고마운 은인이 되기도 한다. 이러다가 어느 날인가 나는 또 다른 존재가 되고 말 것이다. 언젠가는 나를 정체도 모를 여자로 취급하는 바람에 난감한 적이 한두 번이 아니었다. 그나마 요양보호사로 여긴다거나 이웃집 아줌마로 본다거나 버려진 자기를 거두어 준 여자로 여길 때는 눈치껏 처신하기가 편했는데, 가늠조차 할 수 없는 대상으로 여길 땐 정말이지 어느 장단에 춤을 춰야 할지 몰라 웃고 만 적도 있다.

  엄마가 처음 나를 황당하게 불렀을 땐 어떻게든 엄마의 정신을 찾아 주려고 내가 당신 딸이란 걸 되풀이하며 엄마, 엄마를 불러댔지만 이젠 나도 딸이 됐다가, 요양보호사가 됐다가, 이웃집 여자가 돼보기도 한다. 그래도 목욕을 시켜드릴 때만은 딸이라는 걸 인지시키려 고집한다. 언제였더라, 엄마가 나를 이웃집 아줌마로 여기는 바람에 엄마에게 '어르신'이라고 불렀더니 엄마는 옷을 벗다 말고 멈칫거리며 자꾸 부끄러워하는 거였다.

욕실에 들어간 엄마가 내 눈치를 보며 슬슬 옷을 벗는다. 나는 엄마가 옷 벗는 걸 잠시 도와주고는 베란다로 나가 창문을 닫고 거실에 전기난로를 켜 놓았다. 유난히 추위 타는 노인네라 목욕시킬 때는 관리소에서 해 주는 난방만으론 부족해서였다.

욕실로 들어서니 엄마는 옷을 거의 다 벗고 마지막 팬티를 벗는 중이다. 벗어 놓은 옷에서 굴비 썩는 듯한 악취가 별스럽게도 짙게 풍겨 왔다. 굴비 썩는 악취라고? 아니, 실은 나는 굴비 썩는 냄새를 맡아 본 적은 없다. 하필 그 악취의 정체를 썩은 굴비 냄새라고 명명한 것엔 그만한 이유가 있다. 오래전의 언젠가 직장 동료가 선물해 준 보리굴비를 먹고 체한 적이 있었다. 배가 고팠던 참에 급히 먹은 게 탈이었다. 소화제를 먹고 뱃속을 달래도 보았지만 소용없었다. 자꾸만 목구멍에서 굴비 비린내가 올라오는 게 견딜 수 없어 나는 그 견딜 수 없는 냄새를 굴비 썩는 냄새라고 해 버렸다. 굴비와 함께 먹은 신김치 냄새도 함께 올라왔지만 가장 나를 힘들게 하는 건 굴비 냄새, 특히 내장과 맞닿은 살 부위가 썩는 듯한 배릿하고도 고린내 같은 냄새였다. 결국 그 아까운 보리굴비를 다 토해 내고서야 진정할 수가 있었다.

그날 이후 나는 나를 못 견디게 하는 엄마의 냄새도 썩은 굴비 냄새라고 부르기 시작한 게 아닐까 싶다. 냄새라는 게 그렇지 않은가. 뭐라고 딱 잘라 말할 수 없는 오묘한 냄새도 있는 것이어서 그걸 제대로 표현한다는 건 마치 새들의 소리를 글자로 옮겨 적는 것만큼이나 불가능한 일이다. 우리는 흔히 참새가 우는 소리를 '짹짹'이라 하지만 어디 참새가 짹짹하는가. 시냇물이 어디 '졸졸' 흐르는가. 인간의 언어란 그만큼 궁색하여 세상엔 표현 할 수 없는 것들이 산재해 있다.

 나는 엄마를 부축해 욕조에 들어가게 한 다음 허물처럼 벗어 놓은 옷가지를 세탁기에 넣었다. 보라색 스웨터와 자주색 누비바지와 분홍색 티셔츠와 양말과 기모 내복 상하의 및 조금 전 악쓰느라 오줌을 지려 축축해진 노인용 꽃무늬 면 팬티를.

 세탁실에서 나와 욕실로 들어가니 엄마는 욕조에 몸을 담그고 앉아 반쯤 세운 무릎에 두 팔을 올리고 양손으로 젖가슴을 가리고 있다. 엄마는 웬일로 누가 자기 가슴 보는 걸 좋아하지 않았다. 몸에 비누질할 때도 가슴만은 두 손으로 가리며 부둥켜안는다. 그 나이에도 부끄러워서인가? 아무튼 그랬다. 나는 엄마의 몸이 온수로 데워진

다음 비누질을 할 생각이다. 엄마도 그 순서를 대충 꿰고 있기에 지금은 당신이 몸을 불릴 시간이란 걸 알고 있다. 물 위에 둥둥 뜬 비듬인지 먼지인지를 보면서 나는 엄마에게 물었다.

"엄마, 춥지는 않지요?"

"아줌만 왜 자꾸 날 더러 엄마라고 해?"

나는 얼른 말을 바꿨다. 노인네 고집을 아는 때문이다.

"예, 어르신, 이따가 비누질 해드릴게요."

"근데, 우리 정인인 어디 간 거유? 나 몰래 남자 만나러 갔나? 날 버리고 어디로 도망갔나?"

바삐 몸을 놀리다 보니 내 이마에선 땀이 배어난다. 엄마의 콧등에도 땀이 송골송골 맺히는 걸 보면 춥지는 않은 것 같다.

"어르신, 별말씀도 다 하시네요. 따님이 왜 어르신을 버리고 가요? 얼마나 효성이 지극한 딸인데요?"

"하긴 걔가 나 때문에 평생 시집도 안 간 거였어요. 근데, 아줌마, 나 배고파."

30분 전에 우유에 바나나를 갈아 만든 간식을 먹였건만 또 배고픈 타령이다. 배고프다는 타령은 숨을 쉬는 것처럼 입에 붙은 말이므로 그런 것쯤은 이제 과감히 무시해 버린다.

  선자를 만난 건 오후 두 시가 좀 넘어서였다. 송 노인을 씻기고 먹이고 재운 다음 선자가 오겠다던 시각에 맞춰 나갈 채비를 했다. 채비라야 비 맞은 듯 볼품없이 주저앉은 정수리 부분에 부분 가발을 얹는 일과 코로나19를 예방할 KF94 마스크를 챙기는 일이었지만. 가발을 쓴 뒤 엄마가 잠들었는지 확인하려 안방 문을 열었더니 선잠 들었던 송 노인이 눈을 게슴츠레하게 떴다.
"어디 가?"
"엄마, 나 잠깐 마트에 다녀올 테니 한숨 자고 있어. 알았지?"
  송 노인은 다행히 별 반응을 보이지 않았다. 간밤에 잠을 설치더니 낮잠을 자려는 모양이었다. 나는 검은색 패딩 코트를 걸치고 엘리베이터를 이용해 아래층 로비로 내려가 선자에게 전화를 걸었다.
"어디 있니?"
"너희 동 옆 주차장에 있어. 자주색 차다."
  엄마 목욕시키느라 몸이 축축해져 있던 데다가 밖에는 여전히 강풍이 불고 있어 옷을 두껍게 입었어도 오싹하는 한기가 와닿는다. 혹시나 내 옷에도 굴비 썩은 악취가 배었을까 싶어 킁킁거리며 냄새를 맡아본다. 바람 때문인가 약하게 나는 것 같기도 하고 아닌 듯도 하다. 눈발은 지표면 위에만 살짝 덮여 있다. 사철나무가 가지런히 서 있는 보도를 지나 주차장으로 향하자 선자가 차 안에서 깜빡이 신호를 보내왔다. 선자는 검정 마스크를 하고 있었다. 나는 그녀의 차 안으로 들어가며 말했다.

"웬만하면 너를 집으로 들여도 되는 건데, 이 추운 날에 도리가 아니구나."

"천만에. 차 안이 더 편해. 아무 얘기나 할 수 있고."

"그건 그렇지만… 혹시 나한테 무슨 냄새 안 나니?"

"무슨 냄새?"

"아니면 됐어. 하긴 마스크를 썼으니까."

선자는 2년 전 남편과 사별했다. 그러고 보니 또래 친구들의 일부는 사별했거나 남편이 병석에 있다. 젊은 시절엔 결혼한 친구들을 만나는 게 때론 거북하고 소외감을 느끼게도 했지만 늙어가니 피장파장인 인생들 같다.

선자 남편은 위암으로 병상 생활을 한 지 3년 만에 세상을 떠났다. 남편 병간호하는 동안엔 거의 꼼짝도 못하고 지내더니 이젠 사별의 아픔도 정리가 되었는지 선자 얼굴이 몇 살은 젊어 보였다. 피부가 본디 흰 데다가 오렌지빛이 살짝 도는 밝은 갈색으로 머리 염색을 해서 인상이 한결 밝아졌다. 선자는 오늘 딸네 집 가는 길에 나를 잠깐 찍고 가는 거라는데, 머리 염색은 딸이 미용실에 끌고 가서 해 준 거란다.

 대조적인 내 몰골이 신경 쓰여 나는 조수석 앞 작은 거울로 나를 흘끔 바라본다. 웃지 않아도 눈가에 자글거리는 주름. 언제 생긴 건지 모를 왼쪽 볼의 팥알 만한 검버섯 두어 개.

"있잖아, 네 사정을 모르는 건 아니지만, 이삼 일 정도 나랑 여행 가지 않을래? 아는 후배가 강원도 양양에 펜션을 차렸는데 손님이 없어 죽상을 하더라고. 보내 준 동영상을 보니까 건물이 삼 층이고 지하엔 노래방도 있더라. 손님이 없으니 요즘처럼 코로나로 위험할 땐 오히려 좋지."

 귀로는 선자의 말을 들으면서도 내 눈길은 다시 직사각의 작은 거울로 옮아간다. 부쩍 추레해진 내 모습을 재확인하는 순간 나는 눈을 감아버리며 짧게 대답했다.

"가면, 좋겠다!"

"날짜 잡아볼까?"

"근데, 어려워. 당일치기라면 모를까…."

"정인아, 네가 대단한 효녀인 건 다 아는데, 우리도 벌써 육십 중반이야. 몇 년 있음 칠십인데 언제까지 엄마에게만 붙들려서 살 거니? 이젠 우리 인생도 살아야 하지 않아? 너도나도 할머니야. 아무리 장수 시대라지만 언제 죽을지도 모르는 일이고."

선자는 또 설교 시작이다. 그녀의 지론은 몇 년 전부터 똑같았다. 그러니까 엄마를 요양원으로 보내드리고 자주 찾아뵈면 그게 두 사람을 위해 가장 바람직하다는 거다. 효도한다고 만날 엄마만 끼고 있다가는 나중에 엄마를 원망하게 될지도 모르고 내 인생은 어디로 갔나 하고 후회하게 될 거라는 말도 후렴처럼 따라붙었다. 그런 다음엔 괜찮은 홀아비가 보이면 연애라도 해보라는 권유를 비빔밥에 참기름 치듯 뿌렸고, 그러나 결혼은 절대 하지 말라는 훈시로 매듭을 지었다.

선자의 폰에서 카톡 소리가 들렸다. 선자는 폰을 열더니, "어머나, 우리 손녀 재롱잔치네." 하며 딸이 보내온 동영상을 내 앞으로 내밀었다. 작은 화면 속에서 다섯 살 난 손녀가 아이돌의 음악에 맞춰 간드러진 율동을 하고 있다. 주위에서 보여 주는 손주들 자랑을 하도 많이 보았기에 새롭진 않았으나 나는 좀 과장되게 분위기를 띄웠다.

"니 손녀 천재다, 천재. 엄멈머, 어머, 어머, 죽여 준다, 얘."
"그치? 정말 죽여 주지? 만 원 내놓을 생각하고 자랑 좀 할게. 내 손녀라 그런지는 몰라도 내 눈에 얘는 좀 특별한 거 같아. 누가 가르쳐 주지도 않았는데, 이게 다 저 혼자 배운 거란다. 정말 천부적인 재능이야."

여행 얘기가 갑자기 손녀로 튀고 있다. 이런 모습은 할머니가 된 주변 친구들에게서 이따금 나타나는 현상이다. 손자 손녀 얘기를 할 때면 에티켓이 증발하는지 좀 전에 나누던 내용에서 벗어나 표정들에 미묘한 생기가 돌며 자신들의 어린 후손에 대한 보다 절절한 애정 표현을 담지 못해 어쩔 줄을 몰라 하는 모습으로 변해 버리곤 했다. 상대방이 귀담아듣든 말든 자기 얘기에 도취해 자기 말만 한마디라도 더 지속하려는 치기를 보이는 것이다. 나는 이도 저도 해당되지 않기에 어쩌면 내가 보는 눈이 가장 객관적일 수 있을 터였다. 여하튼 선자가 보여 준 영상은 곧 끝났다. 손녀 얘기가 또 어디로 번질지 몰라 나는 얼른 화제를 바꿨다.

"얘, 나 요즘 많이 늙어 보이지? 거울 볼 때마다 짜증나 못 살겠어. 이게 다 우리 엄마 돌보느라 받은 스트레스 때문이야."

말을 하고 나니 내 얘기엔 늘 엄마나 외모 불만에 관한 게 많았다 싶어 쓴웃음이 절로 나왔다. 이러니 남의 흉, 함부로 보는 게 아니다. 선자는 에두르지 않고 직언을 쏟는다.

"내 말이…, 그러게 아까 내가 뭐랬니? 솔직히, 너, 요즘 부쩍 상했어. 더 바싹 늙은 할망구 되기 전에 너도 좀 가꿔라."

이성과 감성은 때로 물과 기름 같다. 선자다운 그 조언이 고마우면서도 한편 섭섭하고 무안한 이 심정은 또 뭔가. 나는 선자가 가끔 부럽다. 어릴 때 한동네에 살며 같은 학교에 다녔던 선자는 나처럼 셋방살이를 하며 가난하게 자라 왔다. 초등학교 3학년 때 한 반이 되어 알게 됐는데 선자 역시 아버지가 없었지만 아래로 여동생은 하나 있었다. 그게 항상 부러웠다. 언니든 동생이든 하나만 더 있었으면 얼마나 좋았을까 하고.

선자는 이후로도 순탄하게 인생이 풀려 대학을 졸업한 뒤 전자 회사 다니는 남자와 결혼해 남매를 두었다. 이제는 손주들만 셋인 할머니지만 성형외과 덕으로 나이보다 열 살은 어려 보인다. 나랑 둘이 다니면 우리를 자매로 보기도 하는데, 나는 번번이 그녀의 언니 취급을 받아왔다.

 부익부 빈익빈이 우리 경우에도 해당하는 것 같아 나는 상대적 빈곤감에 마음이 불편해지면서도 그녀와의 우정만은 평생을 이어 왔다. 세상에 한 사람쯤은 나의 치부와 과거를 알고 있는 사람이 필요했다. 엄마로 인해 속이 터질 때 내가 엄마 때문에 얼마나 끌탕하며 살았는지를 연대별로 구구하게 설명하지 않아도 내 표정만으로 마음을 척척 읽어 주고 위무해 줄 사람 말이다. 선자와는 초등학교 과정을 함께 보냈고 그 이후엔 동네도 학교도 서로 달라졌지만, 우리의 우정은 용케도 지속되었다. 물론 앞으로도 그럴 것이고.

엄마는 어디로

 엄마의 치매 증상이 심해지기 전까지만 해도 선자는 종종 엄마에게 문안드리며 우리 집을 제집처럼 드나들었다. 그러던 어느 날 이후, 그러니까 대략 2년 전쯤부터 엄마는 뜬금없이 선자를 의심하기 시작했다. 선자가 도둑이라는 것이다. 선자가 다녀간 이후 문갑 위에 놓아두었던 오십만 원이 사라졌던 게 원인이었다. 하필 선자가 왔던 날 없어졌으니 그럴 만도 했다. 엄마는 몇 번이나 선자에게 물어보라고 나를 다그쳤다. 그 태도가 어찌나 집요하고 확신에 차 있던지 자꾸 듣다 보니 나도 선자를 잠깐 의심할 정도였다. 물론 그게 치매로 인한 증상이란 걸 알 턱이 없던 때였다.
 "선자, 그 애, 다시는 집에 들이지 마라. 옛말 그른 것 하나 없다. 믿는 도끼에 발등 찍힌다는 말이 왜 나왔게? 앙큼한 도둑년 같으니."

그날 이후 선자를 의심할 때의 엄마 표정은 섬뜩해 보이기까지 해서 한 평범한 노인의 표정이 저리도 험상궂게 바뀔 수 있다는 사실에 나는 경악했다. 저주 품은 독설을 뱉을 때의 낯빛이 보기 싫어 하루는 엄마가 보는 앞에서 선자에게 전화를 건 적도 있었다.

"선자야, 저번에 우리 집에 왔던 날, 혹시 우리 엄마 문갑 위에서 무슨 봉투 같은 거 본 적 있어?"

나는 혹여 선자가 의아해하거나 기분 나쁘게 여길 것을 우려해 흰 봉투라고 하지 않고 무슨 봉투라고 두루뭉술하게 물었다. 그럴 리는 절대, 절대 없을 거라 확신했지만 그래도 만에 하나 선자의 소행이라면 음성에 뭔가 조짐이 있을 것이었다. 친구를 의심한 건 아니면서도 그렇다고 엄마가 없는 말을 지어낼 사람도 아니기에 하는 수 없이 물어본 거였다. 그러자 선자는 "봉투? 무슨? 난 엄마 방에 들어가지도 않았는걸. 근데 무슨 일이 있었어?"라고 대꾸했는데, 그 태도가 너무도 천연덕스러웠을 뿐 아니라 내 물음의 저의도 전혀 눈치채지 못한 듯 아무런 불쾌함을 내비치지 않았기에 나는 적당히 얼버무리고 전화를 끊었다.

그 일이 있고 난 뒤 반년쯤이나 지난 어느 날 문제의 돈봉투가 우연히 발견되었다. 일요일에 모처럼 대청소를 하던 중이었다. 오래 손대지 않았던 가구의 먼지를 털어내다 보니 자꾸만 얼굴이 근질거리고 재채기가 나며 콧물이 흘렀다. 코를 풀려고 웃옷 주머니에 찔러 넣었던 휴지 조각을 꺼내려는데, 주머니 안에 있던 500원짜리 동전 하나가 휴지 틈에 끼어 있다가 바닥으로 떨어지며 안방 장롱 밑으로 굴러 들어가 버렸다. 동전은 안으로 깊이 굴러갔는지 눈에 보이질 않았다. 그깟 500원, 그대로 둘까 하다가 이참에 동전 핑계 대며 장롱 밑이나 청소하자 싶어 나는 기다란 플라스틱 자를 들고 와 방바닥에 얼굴을 바짝 대고 손을 뻗어 장롱 밑을 이리저리 휘저었다.

얼마 뒤, 자 끝에 뭔가가 닿는 느낌이 왔다. 이게 뭔가 싶었지만 틈이라곤 2센티도 될동말동해 눈으로는 확인할 수 없었고 플라스틱 자로 휘젓는 통에 미확인 물체는 더 깊이 들어가 버렸다. 나는 청소는 제쳐 놓은 채 옷걸이에 걸려 있던 철사 옷걸이 하나를 요령껏 펴서 보다 긴 도구를 만들었다. 그리곤 그것을 장롱 밑에 넣고 물체가 내 쪽으로 당겨지도록 손놀림을 하였다. 마침내 그것이 어둠에서 몸체를 내밀었다. 흰 봉투였다. 먼지와 머리카락을 뒤집어쓴 채였지만 언젠가 엄마가 없어졌다던 돈 봉투라는 걸 직감적으로 알 수 있었다. 나는 봉투 안의 오만 원권 열 장을 확인하곤 베란다에서 군자란 화분을 만지고 있는 엄마를 불러대었다.

"엄마, 여기 있네요. 돈 봉투 말이에요."

엄마는 곧장 방으로 왔으나 지금 눈앞에 벌어지고 있는 상황을 보고도 도무지 알 수 없다는 듯 반문했다.

"아니, 그게 뭔 돈이냐?"

"뭔 돈이라뇨? 선자가 훔쳐 갔다고 했던 그 돈이잖아요. 그날 장롱 밑에다 밀어 넣곤 문갑에 뒀다고 우긴 거구만. 애먼 사람을 도둑으로 몰았으니 그 죄를 다 어떡할 거야?"

친구를 잠시나마 의심했던 나 자신이 화가 나고 민망해 나는 더욱 엄마에게 성을 내었다. 그럴수록 엄마는 이게 웬 돈이냐면서도 돈이 생긴 사실에 싱글벙글하였다.

"정말 몰라요?"

나는 오만 원권 열 장을 신경질적으로 흔들어 보였다. 불과 6개월 전의 일인데, 더구나 거금 오십만 원이 걸린 사건인데도 기억하지 못한다는 게 어이없었다. 선자가 우리 집에 발길을 끊은 건 돈 봉투 사건 때문이었지만 그

사달이 난 게 엄마의 치매 때문이란 건 알게 된 이후 선자는 우리 집 출입을 하지 않았고 서로 통화할 일이 있어도 조심했으며 오늘처럼 나를 잠깐씩 방문하는 것으로 대신하기도 했다.

　선자와 헤어진 후 나는 인근 편의점에서 엄마가 좋아하는 바닐라 아이스크림을 한 통을 사 들고 집으로 향했다. 자고 있으려니 했던 엄마는 언제 일어났는지 내 방에서 뭔가를 하고 있었다. 현관에서 정면으로 보이는 내 방문이 45도 각도로 열려 있고 그 사이로 엄마의 엉덩이가 절반쯤 보였다. 뭘 하는지 내 침대 밑에 손을 넣고 휘젓는 중이었다.
"뭐 하시는 거예요?"
"얘, 내 금반지가 몽땅 없어졌어. 그게 자그마치 열 돈이야, 열 돈. 누가 훔쳐간 게 분명해. 요양보호산지 뭔지 하는 그 여자 짓일 게야."
　나는 아이스크림을 냉장고에 넣은 뒤 내 방으로 들어갔다. 방안이 난장판이 돼 있었다. 옷걸이의 옷들이 죄다 바닥에 패대기쳐진 채 널려 있고, 주머니들은 모두 뒤집혀 있었다. 그만 열기가 훅하고 치밀어 올랐다.

"엄마, 엄마 반지는 오래전 내 생일 날에 목걸이를 만들라고 내주셨잖아요. 그 목걸이 당장 보여드릴 테니 제발 그만 좀 하세요."

나는 붙박이장에 넣어 둔 보석함에서 열 돈짜리 순금 목걸이를 꺼내 엄마 눈앞에 들이대었다.

"이게 그거예요. 나 이거 필요 없으니, 엄마가 목에 거시고 다시는 반지 타령일랑 하지 마세요."

10여 년쯤 전의 어느 날, 퇴근하고 집에 왔을 때였다. 옷을 갈아입고 있는데 엄마가 당신 손에 늘 끼고 있던 순금 쌍가락지를 빼더니 내 손에 쥐어 주었다. 그리곤 안방으로 가서 옷장을 열고 서랍 안에 넣어 둔 금반지 몇 개를 더 꺼내 왔다.

"이젠 손가락에 뭐가 붙어 있는 것도 다 성가셔. 그러니 이걸로 니 목걸이나 만들어라."

엄마에겐 얼마간의 금붙이가 있었는데, 팔찌와 쌍가락지는 늘 착용하면서도 나머지 반지들은 옷장 서랍 안에 넣어 두었다. 혹시라도 도둑이 오면 금붙이를 가장 먼저 찾아간다며 이불 꿰매는 실로 반지들을 헌 옷가지 겨드랑이 안쪽에 꽁꽁 꿰매 놓았다. 이렇게 하면 도둑이 들어 서랍을 뒤집고 옷을 흔들어도 나오지 않는다는 것이고,

예전에도 도둑이 살림을 휘젓고 간 적이 있었지만 이렇게 보관한 건 무사했다는 거였다.

　나는 엄마의 바람대로 금은방에 부탁해 목걸이로 만들었으나 엄마에게 보여 주기 위한 며칠을 제외하곤 목에 건 적은 없었다. 그런데 지금 엄마는 10여 년 전의 시간 속에 갇혀 그 금붙이들을 찾고 있는 모양이었다.

　안방을 들여다보니 안방 역시도 난장판이긴 마찬가지다. 무엇부터 손을 대야 할지 몰라 나는 잠시 어물쩍 서 있다가 다시 내 방으로 들어갔다. 그런 다음, 여전히 방바닥을 더듬거리고 있는 엄마의 양쪽 겨드랑이에 내 팔을 넣어 엄마를 일으키려 하였다.

"어르신, 그만해요, 그만이요!"

　나를 딸로 인식하면 제어가 안 될까 봐 나는 일부러 가끔 도움을 받곤 했던 요양보호사를 자처했다. 내 손아귀로 엎어 놓은 사발 묵 같은 엄마의 젖가슴이 뭉클하게 안겼다. 엄마는 작은 체구에 비해 가슴이 커서 내 양손에 그득 잡혔다. 그러자 엄마는 무릎을 꿇은 자세로 몸을 돌려 나를 바라보았다. 그 눈빛에 까닭 모를 공포감이 짙게 서려 있었다. 내 손아귀 힘이 강했나, 그래서 아파서 그런가, 하면서도 나는 양팔을 풀지 않고 엄마를 억세

게 끌어내었다. 엄마의 음성이 갑자기 잦아드는가 싶더니 벌벌 떨리는 소리를 내었다.

"왜 이래요? 안 돼요, 제발, 이러지 좀 마세요."

그러더니 머리를 방바닥에 박고는 꼼짝하지 않았다. 나는 엄마의 이해할 수 없는 행동에 일단 동작을 멈췄다. 당혹감 때문이기도 했지만, 그보다 문득 언젠가도 이 같은 일이 있었던 것 같은, 그게 언제 적이었는지 잘은 모르겠지만 언젠가 꼭 있었던 것 같은 기시감 비슷한 게 느껴졌기 때문이었다. 살다 보면 뜬금없이 그럴 때가 있다. 언젠가도 이와 유사한 일이 있었던 것 같은, 그러나 생각하면 할수록 짚이지 않는, 그러면서도 의식은 자꾸만 전에도 이와 비슷한 일이 있었다고 고집 피우는 그런 때가. 어쩌면 내가 착각하는 건지도 모른다. 나도 엄마 때문에 하루에도 몇 번씩 딸이 됐다가 객식구가 됐다가 하다 보니 정신의 과부하가 걸려 이러는 건지도 모를 일이다.

엄마는 얼마간 미동도 하지 않고 있다가 오줌 마렵다면서 양손으로 방바닥을 짚더니 무릎을 교대로 펴며 자리에서 힘겹게 일어났다.

송 노인이 난장을 해놓은 집안 구석을 정리하다 보니

어느새 저녁답이 되었다. 내 몸은 지금 젖은 솜뭉치처럼 무겁다. 하절기의 어둠은 아다지오(adagio)로 살금살금 다가오지만 동절기의 어둠은 발걸음을 성큼성큼 내딛는다. 창에는 어둠이 수묵화처럼 번지고 있다. 날 저물면 간혹 섬망 증상을 보이는 엄마 때문에 저물녘이 되면 나도 덩달아 마음이 불안해지곤 한다. 하절기엔 이런 불안은 덜했으나 그렇다고 느린 어둠이 편안한 것만은 아니었다. 낮이 길다는 건 그만큼 엄마와 실랑이 벌이는 시간이 길다는 걸 의미하는 거였으니까.

엄마의 저녁 식사를 해결했으니 이젠 약을 먹여야 할 시간이다. 저녁 약은 네 알이나 되어 엄마는 이따금 먹지 않겠다고 떼를 쓰곤 했다. 치매란 현재로선 치료는 어렵고 증상 악화만 지연시키는 게 상책이다. 오늘 저녁엔 송 노인이 기특하게도 순순히 약을 받아먹었다. 지난번에 최 원장이 처방해 준 약은 처음엔 잘 듣는 듯 하더니 요즘엔 그녀가 잠도 잘 안 자고 때론 몽유병 환자처럼 방안을 서성이기도 한다. 내일은 만사 제쳐 놓고 병원에 다녀와야겠다고 생각하며 나는 저녁 설거지를 하기 시작했다.

며칠 뒤의 외삼촌 생신날. 화곡동 외삼촌 집엔 예정보

다 늦게 도착했다. 금요일인 데다 진눈깨비가 내려 도로가 주차장이었다. 엄마는 3층 할머니에게 부탁해 시간 수당을 주기로 하고 나 혼자 움직였다. 외삼촌 생일 모임이(그래봤자 단 세 명의 가족이 모이는 거지만) 저녁 시간이라서 아무래도 엄마에게 무리가 될 것 같았다.

새로 받아온 약은 용량을 늘려서 그런지 엄마가 저녁 숟갈을 놓고 약을 먹으면 한 시간 이내에 잠의 나락으로 떨어져 깨우지 않으면 이튿날 11시까지도 자곤 한다. 그 덕에 내 심신의 피로는 반감된 셈이다. 서로 부딪칠 일은 줄고 내가 쉴 수 있는 시간은 늘었다. 이게 얼마나 갈지는 모르겠지만.

작년에 외숙모와 사별한 외삼촌은 지난주까지 작은 상가의 경비원으로 일했다. 그전에 상가 맞은편 인도에서 외숙모와 10여 년 넘게 만두 장사를 한 것이 인연이 되었다. 격일로 근무하던 경비원 박 씨가 갑작스러운 교통사고로 자리를 비우게 되자 상가 측에선 평소 알고 지내던 외삼촌에게 부탁을 해왔다. 외삼촌은 타고난 건강이 좋아 나이에 비해 젊어 보였다. 과거에 외숙모와 분식집을 한 적이 있기도 했지만, 그동안의 노하우를 발휘해 만든 만두 장사는 잘되었고, 만두 외에도 어묵과 떡볶이 등의

메뉴가 있어 상가엔 외삼촌 가게의 단골들이 많았다. 1층의 안경집과 제과점, 그리고 신발 가게와 아이스크림 가게 주인은 특별히 자주 찾아주는 고객이었다고 엄마에게 들었다. 그 덕에 그쪽 사람들과도 친숙하다 보니 그런 제안이 들어온 거였다.

 부부가 장사했다지만, 외삼촌이 하는 일은 주로 그의 비장의 레시피로 만두 속을 만들고 어묵 국물을 만드는 거였기에 외삼촌은 외숙모만으로도 그럭저럭 가게를 이어갈 수 있었다. 바쁠 땐 동네 알바 아줌마를 썼다.

 그 일을 하기 이전에 운영했던 식당은 세 들어 있던 건물이 매각되며 빌딩을 올리는 바람에 외삼촌은 식당 영업을 접어야 했다. 그러고는 식당의 단골이던 지인과 전자회사 부품으로 쓰이는 플라스틱 공장을 운영했는데, 6년간 동업하던 플라스틱 제품 공장이 누전으로 화재가 나는 바람에 부도를 내게 되었다. 그 후 한 일 년을 허탈하게 지내다가 외삼촌이 처음 거리 장사 얘기를 꺼냈을 때 엄마는 땡볕에 길거리 먼지 먹어 가며 어찌하겠느냐며 울먹였다. 남은 가족이라곤 남매만 달랑 둘이었던 터라 오누이 간의 정이 남달랐다. 게다가 동생과 터울이 지다 보니 엄마는 반 부모에 가까웠다. 한데 큰돈이 남는 건 아니었어도 만두 장사는 의외로 대박이 났다. 세풍에 따른 경기 침체 영향도 별로 없었다. 가게 세, 인건비 걱정도 없었다.

  외삼촌 아파트에 들어서자 먼저 와 있던 연경이가 "언니!" 하며 웃는다. 연경이 동생 연실이는 남편의 고향인 제주도로 이사한 바람에 오지 못했다. 나는 준비해 간 돈 봉투와 케이크 상자를 외삼촌에게 보이며 축하 인사를 드리곤 엄마를 대동하지 못한 이유를 간략하게 설명했다.
"언니, 고마워요. 이렇게 와 주셔서. 애들 아빤 오늘 지방 출장을 가고 우리 애들 학원 보내고 오느라 저녁에 보자고 한 거였어요. 엄마도 안 계시니 고모네라도 꼭 계셔야겠기에…."
  연경은 손수 준비해 온 음식들을 식탁 위에 하나둘씩 올려놓으며 내겐 일체 손을 대지 못하게 했다. 화장실에 들어가 손을 씻고 나와 나는 거실 소파에 앉아 있는 외삼촌 곁으로 갔다.
"누님이 걱정이다. 치매, 치매, 해도 남들 얘기인 줄만 알았지…."
  외삼촌은 탁자에 있는 두루마리 화장지를 뜯어 젖은 눈매를 닦았다. 상처한 뒤 부쩍 마음이 약해진 것 같았다. 외삼촌은 엄마가 번번이 동생인 자신을 알아보지 못하는 것도 서운하지만 딸인 나까지 알아보지 못하는 게 더 기막힌 모양이었다.

"언젠가 누님 만나곤 식겁을 했다."

"언제요?"

"그러니까 지난 1월이었나? 니가 친구 모친상에 간다고 요양보호사 불러 놓고 외출했던 날 말이다."

"무슨 일이 있었는데요?"

외삼촌은 대답 없이 두 눈을 지그시 감았다. 체구는 작아도 강단 있는 외삼촌의 어깨가 오늘따라 처져 보였고 가라앉은 표정 때문인지 나이도 몇 살은 들어 보였다. 연경이 주방에서 불렀다.

"차린 건 없지만, 많이 드세요."

나는 생과일 케이크 포장을 풀어 식탁 위에 올리곤 촛불을 밝혔다. 식탁 위엔 미역국과 갈비찜과 잡채와 문어숙회와 홍어무침까지 차려졌다. 돌문어는 연실이 해녀에게 특별 부탁해 보내온 거라고, 아침에 외삼촌과 화상통화를 했다고 하며 연경은 자신이 직접 담았다는 인삼주를 세 사람의 잔에 차례로 부었다.

"아버지, 생신 축하드려요. 건강하셔야 해요. 우린 운전

해야 하니까 시늉만 할게요."

촛불을 밝혔던 케이크는 생일의 주인공이 후, 입김을 분 다음 옆 의자로 내려지고 이어서 세 사람이 축하의 잔을 부딪쳤다. 외삼촌은 잔을 비우지 않고 자리에서 일어서더니 찬장 안에 있는 맥주잔을 꺼내 들고 왔다.

"너희 술은 여기다 부어라."

외삼촌은 미리 따라 놓았던 석 잔의 술을 맥주잔에 쏟은 다음 벌컥 들이켠 후 문어 한 점을 초장에 찍었다. 아까부터 굳어 있던 표정은 좀체 펴질 기미가 보이질 않았다.

지금쯤 엄마가 잠들었을 거란 걸 알면서도 나는 3층 할머니에게 전화를 걸어 내가 도착할 때까지 머물러 달라고 부탁을 해놓았다. 외삼촌은 식사 내내 표정이 어두웠고 별말을 하지 않았다. 자기 오른팔과 왼팔 같았던 아내와 누나가 없는 게 영 허전한 모양이었다. 음식은 그런대로 훌륭했는데 생일의 주인공이 그렇다 보니 연경이나 나나 뜨는 둥 마는 둥 할 수밖에 없었다. 식겁을 했다는 사건에 대해 함구하던 외삼촌은 연경이 음식 쓰레기를 버리기 위해 잠시 밖으로 나가자 못다 한 이야기를 이어갔다.

"누님도 그렇지. 아무리 치매라지만 그날 날 보더니 하얇게 질린 표정으로 '이러지 마라'고 하더구나. 마치 내가 당신을 해치려는 외간 남자라도 되는 것처럼 말이다. 그날 내가 어찌나 당황했는지 넋이 다 빠질 것만 같았어. 세상에, 누님과 내가 어떻게 살아왔는데, 나한테는 부모나 진배없는 누님인데 동생도 못 알아 보다니…."

"그런 일이 있었어요? 도대체 엄마의 머릿속을 알 수가 있어야죠."

쓰레기를 버리고 들어온 연경은 내가 나설 채비한 걸 보더니 "언니, 잠깐만!" 하고는 갈비찜과 잡채를 플라스틱 용기에 담으며 엄마 드리라고 했다. 외숙모를 닮아 마음이 후덕한 연경이었다.

집에 도착했을 땐 10시가 다 돼 있었다. 아파트 단지에 가까웠을 무렵 3층 할머니에게 전화하였기 때문인지 할머니는 미리 현관 밖에서 나를 기다리고 있었다. 오십에 혼자됐다는 그녀는 칠십 초반인데도 댓 살은 아래로 보일 뿐 아니라 몸도 정정했다.

"곤히 주무시고 있어. 누가 업어 가도 모르리만큼."

그녀는 나를 향해 설핏 웃더니 계단으로 가겠다며 내려가고 나는 집 안으로 들어왔다. 안방을 들여다보니 유리컵에 담긴 엄마의 틀니가 문갑 위에서 흉물스레 쉬고 있고, 엄마는 입을 동공처럼 벌린 채 잠에 빠져 있다. 곤한 잠이 주는 편안함 때문인가 주름지고 수척해진 엄마의 얼굴은 묘하게도 늙은 아이 같은 귀여운 느낌마저 들었다. 그러나 이불 밖으로 삐죽 나온 맨발은 바닥이 갈라지고 발톱이 무좀으로 두텁게 뭉그러져 불결해 보였다. 씻으나 안 씻으나 언제나 그랬다. 생로병사에서 어쩔 수 없이 거쳐야 하는 노추의 과정이란 인간만의 현상이 아님에도 내 눈엔 인간이 가장 추하게 보이는 것 같다. 여느 동물에게도 치매라는 게 있는지는 모르겠으나 설령 있다고 해도 그거야 내가 알 필요 없는 노릇 아닌가.

  나는 엄마의 흐트러진 이불을 가만히 덮어 준 뒤 욕실로 들어갔다. 욕조에 물을 채워 몸을 푹 담글 생각이다. 더운물로 몸을 녹인 뒤 나는 망사 타월에 비누 거품을 내어 전신을 문지르며 거울 속 여자를 바라보았다. 거울 속의 나신은 별로 아름다워 보이질 않는다. 뱃살은 늘어나고 눈매는 쳐지고 입가엔 칼로 그은 듯한 팔자 주름이 양쪽에서 보초를 서고 있고.

  이런 내 모습에서 여성을 느끼는 남성이 있을까만, 달포 전인가, 약국을 하는 초등학교 동창 경호가 나를 찾아왔었다. 4년 전 우연한 기회에 초등학교 동창들의 모임이 결성되고 단톡방도 만들어진 바람에 나도 선자를 통해 숟가락을 얹게 된 거였는데, 하루는 경호가 우리 아파트 단지 근처 스타벅스에 와 있다면서 잠깐만 보자고 한 일이 있었다. 급작스러워 당황스럽긴 했으나 경호는 세 번이나 같은 반을 했었기에 나는 일단 그 장소로 나갔다. 그랬더니 그는 다짜고짜 내가 보고 싶어 왔노라며 바보처럼 웃었다.

무슨 사유인지 모르지만, 아내와 이혼하고 혼자 사는 그 친구는 커피가 절반쯤 비워졌을 무렵 어릴 때부터 나를 좋아했다는 말을 툭 건넸다. 그 말에 내가, "됐고, 무슨 용건으로 여기까지 온 거야? 내가 엄마 땜에 꼼짝하기 어려운 거 알잖아?" 했더니 그는 단도직입적으로 말하겠다면서 함께 사귀자는 거였다. 황혼 결혼도 좋겠지만 결혼이 부담되면 우선 그냥 사귀자는 거였다.

나는 그의 무모함에 깔깔 웃고 말았다. 느닷없이 찾아와 결혼이라니, 사귀자니. 나는 본디 경호처럼 퉁퉁한 남자에겐 호감이 가질 않았다. 내 나이야 여하간에 그는 나의 이상향이 아니라는 말이다.

뽕브라

 따뜻하게 샤워하고 난 뒤 꿀잠을 자고 싶었던 마음과 달리 의식은 점점 초롱초롱해지고 있다. 나는 계속 뜨거운 물을 보충하며 남자의 손길 한 번 타보지 않은 내 유방을 어루만지다가 돌연 엄마가 자기 가슴 부위에 손을 대면 이상하리만큼 과민한 증세를 보였던 것에 대한 궁금증이 일었다. 나한테만 그러는 게 아니었다는 게 외삼촌의 생일날 나눴던 얘기 속에서 어느 정도 증명된 셈이었다. 그 태도의 밑동엔 어떤 꿍꿍이가 숨어 있는 것일까. 옛적의 사건 하나가 떠오른다. 중학교 2학년 때인가 엄마한테 호되게 맞은 적이 있었다. 일명 '뽕브라'를 산 게 화근이었다. 나는 가슴이 작은 편은 아닌 데도 엄마 몰래 컵의 볼륨이 강조된 브래지어를 사놓곤 친구들과 밖에서 만날 때만 살짝살짝 착용했다. 세탁할 때도 빨랫줄에 널지 않고 타월로 물기를 털어 말려 쓰곤 했지만, 꼬리가 길다 보니 걸려들고 말았다.

어느 날이었다. 학교에서 돌아오자마자 엄마는 내 팔을 휘어잡고 방으로 들어간 뒤 가위로 난도질 된 브래지어를 보여주었다. 그러곤 입에 담지 못할 말을 쏟으며 주먹으로 내 등짝과 상체를 사정없이 난타했다. 주먹을 피하려다 잘못하여 내 코에서 붉은 피가 터졌다. 그때서야 구타가 멈췄다. 주먹질은 멈췄지만, 엄마의 욕설은 계속되었다.

"대가리에 피도 안 마른 년이 신세 망치려고 작정을 했구나. 이 한심한 년아, 내가 누구 땜에 여태껏 죽지도 못하고 살아왔는데…."

나는 집에 들어서자마자 숨 돌릴 새도 없이 날벼락을 맞은 게 하도 어이가 없어 코피를 닦을 염도 없이 대거리를 하였다.

"딴 애들도 이런 거 한단 말야. 말로 하면 되지 왜 때려? 내가 뭘 어쨌다구?"

나는 엄마를 이해도 용서도 할 수 없었다. 뽕브라를 산 게 과연 개 잡듯 난타를 당해야 할 만큼 못된 일이었을까. 나는 엄마의 주먹을 피하려다 얻어맞은 얼굴이 부어

올라 다음 날 학교도 결석했다. 이참에 집을 나가버릴까도 싶었다.

  당시 우리 모녀는 그동안 살고 있던 외삼촌 집에서 나와 단칸방에 세 들어 살았고 엄마는 동네 편물 공장에서 나오는 옷을 꿰매 주는 벌이를 하느라 밤늦도록 일했다. 일감이 밀리면 나도 엄마 일을 도왔다. 엄마는 틈틈이 화장품도 팔아보고 미제 물건 장수도 해 가면서 근근이 두 모녀 목구멍의 풀칠을 이어갔다. 나는 형편만 가난한 게 아니라 가족조차 가난한, 아버지도 형제도 없이 달랑 두 모녀만 사는 우리 집이 싫었다. 아버지는 내가 태어나기도 전에 죽었다고 들었다. 그러니까 나는 유복녀였다. 집엔 아버지를 추억할 사진 한 장 없었다. 아무리 아버지가 일찍 돌아가셨기로서니 두 분이 함께 찍은 사진이 한 장도 없느냐고 물었더니 엄마는 어쩌다 보니 그리되었노라고 애매하게 대답했다. 그럼, 외삼촌이나 다른 분들이랑 찍은 사진은 뭐냐 물으면 엄마는 괜스레 역정을 내며 화제를 딴 데로 돌렸다. 모녀만 남겨 놓고 가버린 게 원망스러워 다 불태워 버렸다는 말을 궁색하게 얹기도 했다.
  엄마에 대한 반항과 미움이 커질 때마다 나는 한 번도

본 적이 없는, 엄마 말에 의하면 나를 덜컥 세상에 던져 놓고 병으로 일찍 죽어 버렸다는 그 미지의 아버지가 보고 싶어 미칠 지경이었다. 어쩌면 딱히 아버지가 그립다기보다 엄마를 피해 숨어들고 싶은 대상을 찾아낸 게 아버지였을지 모른다. 초등학교 때에도 그런 적이 있었지만, 사춘기에 접어들어 엄마에 대한 저항감이 부푼 것만큼이나 아버지에 대한 맹목적인 그리움이 번졌기에 나는 뭇 남자의 모습을 다 얹어 가며 아버지의 이미지를 그려 보곤 했다.

키가 작은 엄마와 달리 내 키가 비교적 큰 편인 걸 보면 아버지가 작은 체구는 아니었을 것이다. 엄마의 눈은 작고 피부는 흰 데 내 눈은 쌍꺼풀이 지고 피부가 다소 검은 걸 보면 아버지의 윤곽이 그려졌다. 척 보면 엄마와 나는 닮은 데가 별로 없어 다리 밑에서 주워 왔다 해도 믿을 정도지만, 새끼손가락이 짧은 것과 얼굴의 하관이 좁은 건 엄마를 빼닮아서 엄마의 자식이란 건 의심의 여지가 없을 것 같았다.

욕조의 물속에서 나는 보이지 않는 아버지와 보이는 엄마 사이를 시계추같이 오갔다. 이러다간 꿀잠은커녕 이렇게 날밤을 새울 것만 같았다.

엄마를 겨우 깨워 아침상을 차린다. 연경이가 준 갈비찜과 잡채를 데우는데 엄마가 주춤주춤 주방으로 다가온다. 잠이 덜 깬 눈에는 송구스러운 빛이 역력하다.

"아이고, 고맙기도 하셔라. 하늘 같은 주인아주머니 은공을 다 어찌 갚을라나?"

이럴 때의 엄마 음성은 비굴하리 만큼 공손하고 비누거품처럼 매끄럽다. 처음 겪는 일도 아니건만 그만 웃음이 나온다. 엄마는, 송 노인은 또 어느 세월에 갇혀 어느 시간을 헤매고 있는지 나는 지금 웬 아주머니가 되어 있다. 그러거나 말거나 나는, "엄마, 이거 연경이가 엄마 갖다 드리라고 싸준 거예요. 어제가 외삼촌 생일이었잖아요?" 했다. 연경이란 말에 무슨 생각이 떠올랐는지 엄마 눈이 작은 알전구에 불 켜지듯 반짝 빛났다.

"연경이, 아, 그 애를 내가 다 키웠어요. 우리 딸이랑 그 애네 집 골방에서 살았거든요. 그때 내가 그 집 식구들 빨래를 얼마나 해 댔나…"

전에도 누차 들은 얘기지만 엄마의 눈빛이 환해지는 걸 보면 그나마 그 시절이 행복했던 모양이다. 작은 집에서 동생네 식구들과 옥작복작 북적대며 살았던 그 시절의 고생은 그래도 가족들과 살을 비벼대며 훈김 나게 사는 맛이 있었던 때문이리라. 나는 갈빗살을 발라 작은 접시에 담아 엄마 앞으로 놓았다.

"어르신 많이 잡수세요."

엄마는 연신 맛나다며 식탐하듯 먹는다. 평소엔 입버릇처럼 음식 맛을 도무지 모르겠다고 하면서도, 음식이란 음식이 모두 입에 쓰다 하면서도 어쩌다 별식을 내놓으면 음식 맛을 품평하곤 했다. 나는 엄마가 좋아하는 잡채 접시도 엄마 앞으로 옮겨 놓았다.

"어휴, 아주머니 이러지 마세요. 재워 주는 것만 해도 고마워서 어쩔 줄을 모르겠는데."

엄마는 주인아주머니가 황송스러운 듯 고개를 숙이며 음식을 삼켰다. 아, 저 가여운 노인네를 어찌하면 좋은가. 생난리를 치던 금붙이도 이젠 관심에서 지워졌는가 보다. 엄마는 갈수록 이랬다. 머릿속 수많은 기억의 퍼즐 중에서 어느 한 조각에 꽂히면 얼마간은 그게 전부인 양, 그게 현재의 일인 양 집착하고 매달리며 나를 힘들게 했다. 그러다가 언제 내가 그랬냐는 듯 멀쩡해지며, 아니 멀쩡한 게 아니라 좀 전의 관심사가 지워져 딴 것으로 옮겨가느라 먼저 것에서 벗어나곤 하였다. 퍼즐들은 제자리를 이탈해 뒤섞인 바람에 이제 엄마의 힘으로는 수습되지 않는 모양이었다. 어쩌면 실제의 일이 아닌 기억의 오류이거나 망상이 만들어 낸 것일지도 몰랐지만 말이다.

하기야 저 작은 몸뚱이로 자식 낳아 구십을 코앞에 둔 세월까지 살아왔으니 얼마나 많은 생의 편린들이 뇌리에 박혀 있을 것인가. 저 작은 머리통이 차고 넘쳐 그예 터질 만도 할 때가 된 건지도 몰랐다. 그 속엔 삶의 햇살과 더불어 폭우와 가뭄과 기근과 한파와 벼락도 있을 것이다. 그것들이 갈마들며 저 여인을 상처 내고 긁으면서 옹이 지게 했을 것이다. 저 여인은 평생 들어온 소리들로 귀에도 이젠 딱지가 앉았는지 몇 년 전부터 보청기 없이는 생활이 힘들었다. 가늘어진 팔다리며 굽어진 허리, 뭉툭해진 손발톱과 닳아진 지문들. 엄마에겐 멀쩡한 게 별로 없었다. 나는 갑자기 콧날이 시큰해지며 밥알이 넘어가질 않았다. 엄마는 주인아주머니가 고맙고 송구해서, 대체 그 아주머니가 누구인진 모르겠지만 아무튼 고개 숙인 채로 밥알을 넘기며 갈비와 잡채를 입 안으로 넣다가 갑자기 캑캑 하며 기침을 했다.

"엄마, 좀 천천히 먹어요. 누가 뺏어 먹나, 왜 그래?"

안쓰러운 모습이 딱해 참견을 하니 엄마는 나를 여전히 주인아주머니로 알고 흘낏 곁눈질을 한다. 부정기적인 듯

정기적인 이런 목멤이 있기에 그나마 내가 엄마에 대한 연민을 놓지 못하는 건지 모른다. 그렇지 않다면야 엄마로 인한 앙금 같은 원망과 서운함이 얼마나 많았는가. 뽕브라 사건도 그렇고 처녀 시절 내 결혼을 막은 것도 그렇고 그것도 모자란지 이젠 노망까지 얻어 늙마가 되도록 나를 꼼짝 못 하게 옥죄는 것도 그렇고, 그렇고, 그렇고 말이다.

엄마가 숟가락을 놓고는 갑자기 의자에서 일어났다. 그러더니 의자 등받이를 붙잡다가 휘청하며 바닥으로 주저앉았다.

"아이고, 나 죽네!"

다행히 한쪽 팔로 의자를 붙잡아 강한 충격은 면한 것 같았다. 엉겁결에 엄마를 일으키느라 내 손이 엄마의 젖가슴 부위에 절로 닿았다. 그러자 전에도 그랬듯 엄마가 알 수 없는 몸부림을 쳐댔다.

"왜 또 그러세요, 제발 그러지 좀 마세요. 저를 좀 놔주세요."

다시 분열된 모양이었다, 송 노인은, 엄마는. 대체 저 여인을 이따금 발광케 하는 머릿속의 괴물은 무엇이란 말인가. 어떤 귀신이 저 여인을 이리 희롱하는 것인가.

봄은 일정한 보폭으로 오지 않는다. 언제나 점진적인 듯 급진적으로 다가오는 것 같다. 날씨가 며칠 이상하리만큼 푸근하더니, 비가 오더니, 눈발로 변하면서 쌀쌀맞게 토라지더니, 다시 온후한 표정으로 배시시 돌아선다. 봄의 전령이 후진하는 듯 전진하며 대지를 깨우면 초목들은 용케도 때가 왔음을 알아차리고 서로서로 기지개를 켜기 시작한다. 누런 볏단 같던 풀 섶 밑동에선 염료를 푼 듯 초록 새싹이 뾰족뾰족 솟는다. 마른 이파리 틈새로 초록이 보이니 투 톤 그러데이션이다. 요즘 젊은 애들이 머리를 탈색하여 금발로 물들이고 그것도 모자라 다시 초록이나 분홍이나 보라색을 곁들여 컬러풀한 두발을 하고 다니듯 자연의 새내기들도 겨우내 억눌렸던 생기한 빛깔들을 풀어내고자 온몸이 근질근질한 듯 보인다.

 엄마의 입원이 이런 때 발생한 것은 그나마 다행한 일이었다. 한겨울 눈이라도 내리는 날씨거나 폭우가 쏟아지거나 하는 날이 아닌 유순한 날에 엄마를 병원으로 데리고 가는 것은 그나마 내 짐을 덜어 주었다. 지난 시절 엄마는 몇 차례 입원한 적이 있었는데 대체로 일기가 고약한 날이었다.

 외삼촌 댁에 다녀왔던 그 이튿날, 그러니까 엄마가 의자에서 일어나다가 바닥으로 주저앉던 그날, 그예 사달이 일어나고야 말았다. 처음엔 엉덩이만 아프다고 하였으나 점차 못 견디겠다는 듯 주인아주머니인 내게 하소연을 하였다. 허리가 끊어진 것 같다면서 파스 좀 붙여 달라더니 식탐부리며 먹은 음식도 모두 토해 내었다. 그러면서 통증으로 이지러진 얼굴로 연신 "미안합니다. 죄송합니다." 했다.

아무래도 심상찮아 119를 불러 엄마가 늘 다니던 인근 종합 병원 응급실을 찾았다. 준종합 병원인 그 병원의 각 과 차트에는 십여 년에 걸친 엄마 몸의 모든 기록이 착실하게 보관돼 있었다. 고령에도 엄마의 신체는 또래에 비해선 강단이 있는 편이었는데, MRI 검사 결과 4, 5번 요추와 미추 상부 골절로 나왔다. 일단 시멘트 주사로 뼈를 접착시키고 절대 안정에 들어갔다.

주치의는 문제 된 뼈를 골시멘트로 어느 정도 복원시키긴 했으나 그것이 추가적인 골절의 원인이 될 수도 있다는 주의를 주었다. 골시멘트로 복원된 뼈는 단단해졌지만, 인접 부위 척추에도 골다공증이 진행된 상태라서 상대적으로 주변 척추가 취약하기 때문이라는 것이다. 때론 재채기 한 번에도 추가 골절이 발생할 수 있다는 말에 나는 아찔한 두려움이 밀려왔다.

엄마는 무너지는 중

　사흘 내리 병원에 머무는 동안 나는 엄마의 입원으로 겪어야 했던 그 어느 해의 병원 생활보다 지리멸렬하게 보냈다. 6인실이 모두 동나서 이틀간 2인실을 쓰고 사흘째 돼서야 6인실로 옮길 수 있었다.

　병실 비용 때문에 6인실로 옮겼더니 내 몸의 피로가 더욱 기승을 부렸다. 황혼의 나이, 온종일 입을 틀어막고 있는 KF94 마스크, 간헐적으로 내비치는 엄마의 망상과 헛소리, 주변 환자들과 그의 가족들이 뿜어내는 신음과 소음들. 병원 풍경은 어디나 준 지옥이라 드디어 내게 몸살이 덮쳤다. 요즘엔 감기 조짐만 있어도 코로나가 의심되어 가슴 철렁하는데 다행히 열은 없었다. 어쩔 수 없이 하루에 10만 원이 나가는 간병인을 채용해야만 했다.

간병인은 목소리로 미루어 순박한 여성 같았다. 마스크로 얼굴을 절반이나 가리고 있어 인상을 세밀히 볼 수는 없어도 조선족인 듯한 특유의 말투가 조금 퉁명스럽게 여겨지는 것 외엔 경우 바르고 겸손함이 느껴지는 육십 세 여인이었다. 개개인의 인상이나 목소리엔 그 사람이 응축되어 있다고 나는 믿어 왔다. 그 때문에 사람들의 목소리에 민감했는데, 일단 그녀는 음성이 경박하거나 날카롭지 않았다. 그녀는 낮은 알토 음색이었고 그게 무엇보다 안정감을 주었다.

엄마의 입원과 내 몸살 덕으로 나는 일시 자유의 몸이 되었다. 나 자신에게 엄마로부터의 해방을 허락했고 병원비와 간병비가 나갈 것에 대해서도 액수를 놓고 마음 졸이지 않았다. 아니, 실은 그럴 힘이 남아 있질 않았다. 나는 오직 심신의 과부하로 무너질 것만 같은 내 몸의 통증에 대해서만 신경 쓰며 한시라도 이 숨 막히는 장소에서 탈출하고 싶다는 일념 밖엔 없었으므로. 그래서인가 집으로 돌아가 큰대자로 뻗으니 얻어맞은 듯 몸이 쑤시면서도 마음만은 날아갈 듯 가벼웠다. 당분간은 송 노인을 상대하지 않아도 되는 것에서 오는 여유와 평온함. 그건 곧 그간 엄마로 인한 내 일상의 등짐이 얼마나 무거웠던 것인가를 방증하는 것이기도 했다.

컵라면으로 저녁을 때운 뒤 탁구공보다 조금 큰 귤 세 개를 까먹고 나서 약국에서 받아 온 약을 입 안으로 털어 넣었다. 그러곤 물로만 입가심한 뒤 세수도 생략한 채 침대 속으로 들어가 버렸다. 이대로 한 일주일쯤 깨어나지 않았으면 싶은데 핸드폰이 진동음을 내었다. 내 몸은 침대 위에 있고 정신은 어리마리하고 핸드폰은 방바닥에 놓인 상태. 손 뻗기도 귀찮아 받지 말까 하다가 혹시 병원이나 간병인 전화면 어쩌나 싶어 몸을 일으켰다. 외삼촌이었다. 나는 간단한 보고를 했다. 외삼촌은 엄마도 딱하지만 내가 더 측은하다는 말을 또다시 되풀이했다. 했던 말을 거듭하는 건 나이 든 사람의 특징이긴 하나 나는 나에 대한 외삼촌의 사랑이라고 해석한다. 외삼촌은, 엄마는 나 같은 딸이라도 있는데 나는 아무도 없으니 짠하다는 것이다. 이제라도 좋은 남자 있으면 잡으라는 말도 덧붙인다. 좋은 남자? 내게 좋은 남자란 오빠나 아버지 같은 남자를 의미했기에 외삼촌에게 물었다.

"외삼촌, 우리 아버지, 좋은 사람이었어요?"

"느닷없이 아버지 얘긴 왜?"

"제가 태어나기도 전에 돌아가셨다지만 외삼촌은 보셨

을 거 같아서요."

"그냥 보통 사람이지 뭘. 하도 오래전 일이라…."

외삼촌은 처음엔 뭔가 긴 이야길 할 듯 하더니 아버지 얘기가 나오자, 말끝을 흐리다가 잘 지내라며 전화를 끊었다. 하기야 누이 혼자 남겨 놓고 가 버린 망자 얘기가 기꺼울 리는 없으리라. 뒤이어 다시 진동음이 울려왔다. 경호였다. 전화기를 들고 있던 참이라 나는 그의 전화를 받았다.

"다 저녁에 웬일이에요?"

"그냥… 그냥 했어. 딴 녀석들은 처자식이 있으니… 같은 솔로에게나 전화할 수밖에. 어머니 땜에 곤란하다면 끊을까요?"

들려오는 음성으로 보아 술이 몇 잔 들어간 것 같았다. 여느 때와 달리 말을 놓지도 않고 올리지도 않은 어중간한 어투였다. 우리들 사이라는 게 그랬다. 너무 깍듯하면 거리감이 느껴지고, 그렇다고 머리 허연 나이에 남녀가 말을 놓아 버리면 나잇살이라는 게 의식돼 그 또한 편치 않았다. 때문에 상황을 봐 가며 적당히 올리고 알아서 내렸다. 방귀깨나 뀌며 사는 일부 친구는 자기에게 말 놓는 것을 노골적으로 거북해하기도 했다. 경호의 음성에서 쓸쓸함이 묻어 나와 선지 그의 얼굴이 눈앞에 그려졌다. 전 같으면 적당한 구실을 대고 끊었을 전화였지만 그의 어눌한 음성에 연민과 동질감이 느껴져 나는 엄마가 안 계시다고 말해 버렸다.

"안 계시다니? 어딜 가셨는데?"

"입원."

"아니, 왜? 왜? 무슨 일로?"

경호의 음성이 튀어 올랐다. 나는 또 간략한 보고를 그에게 했다. 엄마 사연을 꺼내고 나니 기왕에 한 얘기는 마쳐야 한다는 생각이 들어 기운이 조금 솟는 것 같았다. 기력이 바닥을 치다가도 누군가 말을 걸어와 상대방에게 화가 났던 사연이나 속상했던 얘기를 열거할 때면 감정이 고조되며 눌렸던 기운도 솟질 않던가.

"딸이 좋긴 좋구나. 딸자식 없는 사람은 서러워서 어찌 사냐? 근데 말이야, 딸과 며느리는 다 같은 여자인데 왜 그렇게 다르냐? 내가 마누라랑 뭣 땜에 이혼한 줄 알아요? 그게 다 우리 부모, 특히 어머니 때문이었어."

"어머니 때문이라니?"

내 물음에 경호가 자기 가정사를 펼쳐 놓았다.

"애들만 아니었으면 더 일찍 갈라졌을지도 몰라. 살이

엄마는 무너지는 중 55

떨려도 자식들이 어려서 참고 살았지. 예전에 살았던 동네 미장원에서 마누라가 했던 말이 돌고 돌아 우리 어머니 귀에까지 들어오고 말았거든. 무슨 얘기냐 하면….”

경호 아내가 했다는 말의 요지는 이러했다. 시부모를 평생 모신다는 건 정말 끔찍하다. 부모가 자식을 키워 줬다지만 불과 삼십 년 전후면 부모의 일은 일단 끝난다. 그런데 자식이 부모를 돌보는 기간은 그보다 훨씬 길어졌다. 그뿐만 아니라 늙으면 노망도 부리고 병들면 오줌똥도 받아 내야 하니, 진즉에 시부모와 멀리 떨어져 살아야 하는 걸 젊은 날엔 뭘 모르고 그랬다는 거였다. 시댁에 얹혀살면 셋방 구할 자금으로 쥐고 있던 돈을 따로 굴릴 수도 있어 목돈이 마련된 뒤 아파트라도 장만하려고 선뜻 시부모 그늘로 기어들어 간 게 평생 코를 꿴 셈이 되었노라 했다는 것이다.

이 말을 전해 들은 어머니는 얀정머리 없는 며느리에게 얼마나 상처가 깊었는지 한동안 말문까지 닫고 살았다면서 딸이라면 그런 소리를 할 수 있었겠느냐고 경호는 반문했다. 경호는 어머니에게 사죄할 것을 아내에게 종용했으나 무슨 고집인지 아내는 말을 듣지 않았고, 어머니는 경호가 이혼한 후 5년 뒤에 자궁암이 악화하여 사망했다고 한다. 그는 어머니의 죽음이 전 아내로 인한 마음의 병과 무관치 않았을 거라고 하며 아버지는 3년 전 요양원에서 돌아가셨다고 덧붙였다. 살이 떨렸다는 경호의 심정이 이해되었다. 그는 소문난 효자였고 삼 형제 중 둘째였지만 장남인 형보다도 부모에게 더 극진했다고 들었다.

그는 자신이 유난한 효자가 될 수밖에 없는 사연도 들려주었다. 가난한 형편에 조산으로 태어난 자신을 살리기 위해 그의 어머니는 일 년 열두 달 치성을 드렸다는 거였다. 다섯 살까지는 시골에서 살았는데 어머닌 한겨울에도 목욕재계한 후 냉수 한 그릇 떠 놓고 아들을 위해 빌었다는 것이다.

경호가 이혼했을 때 여자 동창들은 그가 별난 효자라서 그의 아내가 힘들었을 거란 얘기만 쑤군거렸다. 그때는 친구들의 정기 모임이 없었기에 들려오는 소문을 놓고 이러쿵저러쿵 뒷말이나 해대곤 했다.

그의 비하인드 스토리를 듣다 보니 좀 묘한 기분이 들었다. 갑자기 그와 내가 뭔가 좀 각별해진 것 같다고나 할까. 한편으론 우린 모두가 일부의 정보만으로 세상과 인간을 규정하며 살아간다는 생각이 새삼 들었다.

청춘의 잔상

연 사나흘을 멍때리며 지냈다. 간병인과 하루에 두어 번 통화하는 것 외엔 숨만 쉬며 보낸 셈이다. 오늘은 진종일 몸이 무거워 거의 누워 지낸 것 같다. 다시 하루가 저물어 간다. 젖빛 창유리로 먹물이 스며들며 그 어둠을 실내에 풀어 놓는다. 자리에서 일어나 전등을 밝힌다. 엄마가 있었다면 바빴을 시간이다. 먹이고 벗기고 씻기고 사이사이 송 노인 횡설수설에 대거리하고 약 먹이고 재우고⋯.

며칠 전 경호와 주고받았던 얘기를 되새김해 보았다. 그의 아내가 했다는 말, 내게 대입해 보니 틀린 얘기도 아닌 듯하다. 엄마가 나를 키워 준 것도 20여 년에 불과했다. 뿐인가. 경위야 어찌 됐든 아버지도 없는 애를 만들어 놓고, 상자 안의 병아리처럼 구속하는가 하면, 고등학교 울

타리를 벗어나 대학생이 되어서도 나는 닥치는 대로 과외를 몇 탕씩이나 뛰면서 학비를 보탰다. 그 바람에 학교의 축제는 언감생심. 사랑 놀음도 제쳐 두고 알바 전선을 배회했고 은행 취업이란 구원의 동아줄을 잡은 뒤엔 잦은 병치레를 하는 엄마로 인해 가장 아닌 가장 노릇을 하며 청춘을 보냈다. 이자를 놔 달라는 남의 돈 심부름을 엄마가 오지랖 넓게 해 주다가 돈 빌린 여자가 도망가는 바람에 내가 그 돈을 다 갚아준 적도 있었다. 이제껏 결혼을 못 한 것에 대해서는 그리 회한이 없었으나 자식 문제만큼은 여한이 남아 있다. 자식이라도 있었다면 내 노후가 이처럼 쓸쓸하진 않았으리란 생각이 들 적마다 내 가슴은 서리 내린 황량한 빈 들판이 되었다.

 사념이 젊은 날로 나를 끌고 간다. 나는 희미한 갓 스탠드 불빛만 밝히고 생각의 끄나풀이 이끄는 옛 기억을 따라나선다. 은행에 근무하던 나를 보기 위해 은행 창구를 기웃거렸던 A, B, C들이 가물가물 떠오른다. 나는 그중 A에게 가장 호감이 갔지만 그가 내게 다가올수록 그를 피했다. 낯빛이 맑고 젠틀한 인상의 그는 무역업을 하는 집안의 장남으로 아버지의 사업을 돕고 있었다. 그의 부친은 내가 근무하던 직장의 브이아이피(VIP) 고객이었는데 그가 어느 날 아버지 회사의 업무를 보기 위해 우리 은행을 찾았다가 나를 본 거였다. A는 볼일이 끝나고도 로비에 비치된 신문과 주간지 등을 보는 척하면서 내 주변을 서성거렸다.

나는 A가 나를 주시하지 않는 척하면서도 실은 세밀히 관찰한다는 걸 직감으로 알고 있었다. 그 때문에 어쩌다 피곤한 고객이 찾아와도 그가 근접 거리에 보일 때면 목소리를 한껏 교양 있게 다듬어 고객들을 대했고 그럴수록 나를 향한 그의 눈빛은 호의적이 돼 갔다. 175센티미터쯤 돼 보이는 그의 외모는 살집 없는 얼굴에 자리한 짙은 눈썹과 뚜렷한 윤곽 때문인지 서구적인 귀태가 풍겼다. 감색 싱글에 연하늘색 와이셔츠를 자주 입었고 손목엔 금색 불가리 커프스 버튼이 반짝였던 걸 기억한다. 그는 나에게 결핍된 것을, 내가 소망하는 것을 모두 소유한 듯 보였다. 그늘이라곤 없어 보이는 풍모로 보아 단란하고 안정된 가정에서 자라온 젊은이일 터였다.

나는 그가 지닌 완벽한, 적어도 내 기준으론 그렇게 여겨지는 요소들에 맥없이 빠져들면서도 한편으론 그런 점들이 내가 그에게 다가가는 데에 장애 요인이 될 거라는 걸 알고 있었다. 그가 백마를 탄 왕자라면 나는 잿더미의 신데렐라. 게다가 내겐 유리 구두와 야회복을 만들어 줄 요술 할머니가 없었다. 나는 그가 행여 나에 대한 정보를, 한낱 잿더미의 여자에 불과하다는 비밀을 알아차릴까 전전긍긍했으며, 그럴수록 그에게 고객 이상의 의미를 부여하지 않으려 사무적인 친절 이상의 것을 경계하면서 무관심으로 위장해야만 했다.

  그러던 어느 날, 어떤 부인이 우리 은행을 찾아왔다. 오전 내내 화장실 갈 틈도 없이 붐비던 창구는 점심때가 다가오자, 썰물 빠지듯 잠시 한가해져서 부인은 기다림 없이 내게로 다가왔다. 그녀는 들고 있던 작은 악어 백을 열더니 신분증과 도장과 고액권 몇 장을 내밀며 보통예금 통장을 만들어 달라고 청했다. 오십 중반으로 보이는 그녀에게선 가멸찬 환경에서 교양 있게 살아온 여인의 아우라가 느껴졌다. 그녀가 상앗빛의 가느다란 손가락을 움직이며 핸드백을 열 때 흘낏 엿보았던 백 속의 자잘한 소품들, 일테면 연분홍색 아사 손수건과 수첩, 수납 칸에 끼워 둔 파카 만년필 등이 그녀의 수준과 신분을 무언으로 서술해 주는 듯했다.

  나는 무엇보다도 그녀의 만년필을 주시하였다. 그녀에

게선 여느 유한족 주부들과는 차원이 다른 지적이고도 세련된 문화의 향기가 뿜어 나오는 듯했는데 그건 쉽사리 접하기 힘든 고급한 상류의 향기였다. 그런 고귀함이란 금전으로 해결되는 게 아니어서 그녀의 체취가 더욱 그윽하고도 유연하게 와닿았다.

 내가 살짝 웃으며 새 통장을 내밀자, 그녀는 이지적인 깊은 눈매로 나를 잠시 바라보았다. 그러곤 낮지만 권위가 배어나는 음성으로 "고마워요, 수고하세요." 하며 밖을 향해 나섰는데, 마침 다음 고객이 없어 내 눈길은 동경을 담은 채 절로 그녀의 뒷모습을 따라갔다. 그때 로비 밖 인도 오른쪽에서 A가 걸어오더니 그 부인과 뭔지 모를 얘기를 나누는 게 보였다. 나는 그들이 모자 관계라는 걸 금세 알 수 있었다. 그들은 잠깐 내 시야에 머물고는 이내 사라졌다.

 A가 나타난 것은 한 시간쯤 지난 뒤였다. 어쩌면 인근 식당에서 모자가 함께 점심을 먹었는지 모를 일이었다. 하지만 그는 내 쪽으로 잠깐 고개를 돌리곤 바쁜 용무가 있는 듯 지점장실 쪽으로 걸어갔다.

 B는 은행 인근에서 큰 제과점을 하는 집의 아들이었

다. 그의 억양으로 보아 고향이 경상도 쪽인 듯했고, 적어도 초등학교 과정까지는 향리에서 살았을 법하게 서울 말투와 경상도 억양이 섞여 있었다. 지방에서 올라온 서울 사람 중엔 서울 말씨에 동화된 사람들이 있지만 그래도 은연중에 지역 억양이나 사투리가 드문드문 드러난다. 한데 B는 그런 쪽은 아니라 고향과 서울을 반반씩 배려하기로 한 것처럼 기분에 따라 두 지역의 말을 자유자재로 넘나들었다. 아무튼 그는 쾌활하고도 상냥한 남자였다.

아무래도 결혼 전이다 보니 은행을 스쳐 가는 미혼의 남성들을 관찰하게 되는 건 자연스러운 일이었다. 내겐 남자 가족이 없는 만큼 업무에 바쁠 때를 빼놓곤 내 가시권의 이성만이라도 관찰해야 한다는 생각을 무의식적으로 품고 있었던 모양이다. 나는 직장 내 남성 직원이나 상사의 작은 행실도 허투루 봐 넘기지 않았다. 아래 직원들에게 깐깐하고 권위적이었던 지점장을 볼 때면 그의 아내가 얼마나 힘들 것인지를 미루어 헤아릴 수 있었고, 여성 직원들에게 필요 이상으로 친절한 과장님을 볼 때면 그가 내 남자라면 피곤했을 거란 생각도 해 가면서 내 인접 거리의 남성들을 관찰하였다. 이성들에게 일방적 환상을 품기엔, 그들의 언행을 서정적으로만 바라보기엔 나는 현실에 뿌리내린 철저한 리얼리스트였다.

B는 분실한 통장을 재발급 받기 위해 찾아온 고객으로 알게 되었다. 그날 그는 새 통장을 받은 뒤돌아서다가 뭔가 잊은 듯 다시 얼굴을 내 쪽으로 돌리며 "참 친절하고 고우시네요."라고 말했는데 덥석 던진 그 말이 별로 거슬리지 않았다. 아마도 인상이 어둡거나 느끼하게 생긴 남자가 이런 말을 했다면 대번에 추파처럼 여겨졌을 일이지만.

그는 작은 키에 상체가 길었으며 얼굴엔 볼살이 두툼해 개구쟁이 아이 같은 인상을 주었다. 아무렇게나 빗은 듯한 윤곽이었으나 소탈함이 배어나는 귀염성이 돋보였다. 제과점은 인근에서 잘 나가는 업소였음에도 B의 매무새는 늘 청바지나 작업복 같은 차림이었다. 짧은 다리를 감싸고 있는 청바지는 그의 체구와 너무도 안 어울려서 나는 그가 찾아올 때면 그의 옷차림을 살피며 혼자 웃음을 삼키곤 했다. 다리만 조금 더 길면 그래도 괜찮겠는데, 하면서.

흔히들 젊음이야말로 가장 황금 같은 시기라고 여긴다.

한데 살아 보니 일에서 손 놓은 지금도 나쁘지 않다. 아니, 엄마를 보살펴야 하는 문제만 없었다면 그 어느 때보다 자유로운 시기일지 모른다. 육십 대를 삶의 황금기라 하는 이도 있지만 이 시기에 엄마로 고달픈 세월을 살아가는 중이다 보니 경호 아내가 조금은 이해될 것 같았다. 나도 엄마가 내 친모가 아닌 시어머니였다면 지금의 이 상황을 감내할 수 있었을까 싶은 것이다.

정오쯤이었나, 침대에서 벗어나지 않은 채 비몽사몽 같은 몽롱함 속에서 뭉그적거리고 있을 때 경호가 전화로 이런 제안을 해왔다.

"우리끼리 솔로방 하나 만들어 놀까?"

"웬 솔로방?"

"너나 나나 선자 같은 솔로들만 따로 수준 있게 놀자 이거지. 단톡방에서 자기 마누라, 남편 얘기하고, 놀러 다닌 사진 올리고 3세들 자랑 구경도 한 번이지. 나도 먹고살 만큼은 벌었으니 이젠 밥벌이엔 그만 매달리고 싶다 이거야. 카르페디엠, 오늘을 즐기라! 약사가 둘이니 가끔은 옛 친구들과 말년을 알차게 누리고 싶네요. 일단 우리 셋은 되니까 한 두어 명 더 모아 봐. 동창이 아니라도 상관은 없어."

설핏 잠에 들었을 때라 나는 웃음 섞인 비음으로 "니 마음대로 하세요." 하며 전화를 끊었다. 오늘 낮의 일인데도 진종일 누워 지내서 그런지 그게 며칠 전인 듯 먼 시간으로 느껴졌다. 자리에서 벗어난 나는 벽에 걸린 거울 앞에 서서 낯빛이 누런 늙은 여자를 바라보았다. 지금 보이는 저 얼굴은 유난히 늙은 할머니 같다. 표정 주름 탓일 것이다. 엄마 때문에 하루에도 여러 차례씩 인상 구기며 한숨을 짓다 보니 얼굴이 시나브로 볼썽사납게 변해 버렸다. 나는 그녀를 위로하듯 거울 속 나를 향해 짐짓 웃어 주고는 거울에서 벗어났다.

단톡방에 대한 경호의 말엔 나도 공감이 인다. 요즘에야 코로나 소동으로 발이 묶였지만 그 이전의 동창방은 소위 안정권에 접어들어 생을 누리고 사는 자들의 자랑방일 때가 적지 않았다. 몇 탕씩 돌고 돈 영상이나 트롯 가수 유튜브들, 혹은 건강 정보와 정치적 발언과 마음의 영약이 되는 문구를 제외하면 등산과 골프 사진을 비롯해 맛집 사진이나 손자 손녀 사진들이 많이 올라왔다. 올리는 사진은 어디까지나 자기 현시용으로 편집된 거였기에 부부의 모습은 다정하고 여자들의 화장과 옷차림은 화사했으며 핸드백은 짝퉁인지는 몰라도 루이비통이나 구찌나 샤넬이었다. 나는 모처럼 경호와 의견 일치를 보며 전화를 끊은 뒤 간병인에게 전화를 걸었다.

"어머니 어떠신가 해서요."

"병원이라 그런지 좀 불안해하시는 것 같기는 해요. 그래도 아직은 별일 없으시고 식사도 잘 하신 편이에요."

"이상한 소리는 하지 않으시던가요?"

나는 그녀에게 어머니에게서 일어날 수 있는 일들을 미리 일러뒀던 터였다.

"아무래도 환경이 바뀌고 의사 선생님들이 드나들어 그런지 아직은 심하지 않으시네요."

다행이었다. 제발 이 상태로만 머물러 주시기를. 진종일 반수면 상태로 지냈으면서도 나는 이제 밤잠을 제대로 자기 위해 두유와 바나나로 빈속을 가볍게 채운 후 샤워를 하기 시작했다. 하루 24시간은 때론 너무 지루하고 때론 너무 빨리 흘러버린다. 아무튼 또 하루의 페이지가 넘어가고 있었다.

침대에 들었다가 꿈을 꾸었다. 어떤 노파가 내 할머니라며 찾아온 꿈이었다. 그러다 웬 낯모를 남자가 내게 뭔가를 주더니 나를 어두운 지하로 끌고 가 발목을 자르는 악몽이었다. 나는 너무 두렵고 끔찍해서 이건 꿈이라고 소리치며 그 소리에 놀라 눈이 뜨였다. 간혹 꿈이 너무 황당하다거나 비논리의 혼란함으로 나를 괴롭힐 때면 '이건 꿈이야' 하면서 스스로 잠을 깨운 적이 있었는데 악몽도 자주 꾸다 보면 꿈속에서 진위를 식별하는 감각이 생기는 것 같았다.

흉몽의 여진으로 몸이 무거운데 오전에 경호가 예고도 없이 찾아왔다. 그 친구, 요즘 들어 부쩍 나를 향한 접선이 잦다. 11시 경이었다. 우리 아파트 근처에 왔다며 전화를 한 것이다. 어머니도 안 계시니 무조건 나오라고 했다. 코앞에 있다기에 나는 알았다고, 십오 분만 기다리라고 일렀다. "실없는 사람 같으니, 이런 경우가 어디 있담." 하면서도 상기(喪氣) 됐던 기분이 일순 상기(上氣)됨을 느끼며 나는 고양이 세수를 마치고 얼굴에 비비크림을 문지른 뒤 가발 대신 진보라색 벙거지를 눌러 쓰고 밖으로 나갔다.

아파트 로비를 나오자, 그는 내가 나오길 기다린 듯 로비 바로 앞에 세워 둔, 10년도 더 탔다는 회색 그랜저 곁에서 손짓했다.

"안 나오면 우리 집까지 쳐들어올 것 같아 나왔네요."
"윤정인 여사가 오늘 따라 왜 이렇게 반갑냐?"

경호는 서양식으로 차 문을 열어 주었고 나는 조수석에 앉으며 마스크를 착용한 입으로 싱긋 웃었다. 경호는 운전석에 앉더니 안경집에서 선글라스를 꺼내 들곤 고개를 내 쪽으로 돌렸다.

"우리 드라이브나 할까? 효도하느라 그간 고생 많이 하셨을 테니, 어떠셔?"

"어디로?"

"어디든."

"그럼, 기사님 맘대로 하세요."

"오케이."

슬쩍 훑어본 그의 옷매무새는 여느 때와 다른 분위기를 풍기는 게 '옷발'에 신경 깨나 쓴 것 같았다. 역시 옷이 날개다. 아니, 옷은 날개다.

"오늘은 좀 샤프해 보인다."

"그래? 그렇담 성공이네. 앞으론 좀 달라지기로 마음먹었거든."

"갑자기 무슨 바람?"

"전번에 말했잖아. 늙어가는 마당이니 덧칠이라도 잘해야겠고. 그리고 솔직히 윤정인 여사에게 잘 보이고 싶어. 그대 취향이 은근히 까다로운 걸 내가 잘 알지."

그가 잠깐 내 쪽을 바라보는 사이, 왼쪽 차선으로 오고 있던 승용차가 우리 차 앞으로 끼어들었다. 하마터면 추돌사고가 날 뻔할 만큼 앞 차 운전자의 태도는 불량했다.

 "저 자식, 깜빡이도 안 넣고…."

 앞서간 흰색 승용차는 다시 차선을 왼쪽으로 바꾸며 미꾸라지처럼 빠져나갔다. 차량 운행이 순조로워질 때까지는 입을 다무는 게 좋을 듯싶어 눈을 감으려는데 진동으로 해 놓은 핸드폰이 울린다. 간병인이면 어쩌나 싶은데 선자였다.

 "뭐 하니?"

 "어디 가."

 "어디?"

 "호호호, 비밀."

 "웬 비밀?"

 "남자랑 가거든."

 "뭐라고? 흐흐흐, 나중에 얘기해. 니 사업 방해될까 봐 끊는다."

 선자의 전화가 끊기자, 경호는 껄껄 웃으며 카 오디오에 CD를 꽂았다.

"선자, 걔는 목소리가 커서 듣지 않으려고 해도 들려. 음악 들을래?"

"음악?"

"들어 봐."

퀸(Queen)의 노래였다. 곡명이 '러브 오브 마이 라이프(Love of my life)'라는 걸 알면서도 나는 짐짓 모르는 채 시치미를 뗐다.

"누군지 좋다!"

"프레디 머큐리, 몰라? 영화도 상영됐었는데? 보헤미안 랩소디 안 봤어? 사랑하는 여인에게 떠나지 말라고 하는 노래야."

이번엔 내가 큰 소리로 웃었다. 황혼의 여자 앞에서 느닷없이 웬 센티멘털이람? 뭐야, 그러니까 이 친구 지금 나한테 작업 거는 중?

"경호 씨한테 이런 구석이 있는 줄 몰랐네. 나는 직장과 엄마 사이만 오가느라 정서가 메말라 음악 듣고 어쩌고 할 여유가 없었어. 영화는 그래도 더러 본 편인데, 요즘엔 그것도…. 근데 지금 어디로 가는 거예요?"

"두물머리 갈까 하는데 어떠냐, 양평은?"

이렇게 대답하는 경호의 음성은 사뭇 밝고 약간의 흥

분마저 깃든 듯 생기롭다.

"거긴 멀다. 그냥 우리 동네 언저리에서 얘기나 좀 하다가."

혹시라도 병원에서 무슨 연락이 올까 봐 나는 조금만 멀리 가도 마음이 불편하다. 엄마가 세상에 있는 한 누구에게 맡겨 놓아도 안심이 되질 않는다. 엄마는 내 골수까지 점령하여 꿈속에서조차 엄마를 떠날 수 없을 것 같다. 아마 꿈에서 경호 말고 내 환상을 모두 채워 줄 놀라운 이성이 나타나 프러포즈를 한다 해도 나는 분명 엄마 먼저 떠올리며 머뭇거릴 것이다. 이런 내 속을 들여다보기라도 한 듯 경호가 한마디 한다.

"어머니 땜에 그런 거냐? 도움도 못 주면서 이런 말 하면 욕먹을 짓 하는 건지 모르겠는데, 윤정이 효녀라는 건 세상이 다 안다고. 그쯤 모셨으면 이제 시설 좋은 요양원 알아보는 게 어때? 나도 아버지 요양원으로 모실 땐 갈등이 많았지. 솔직히 어머니에겐 극진했지만, 아버지에겐 다소 소홀했어. 나도 남자지만 아버지 모시는 게 더 부담되더라고. 아버지도 내가 쭉 모시고 있었거든."

전화가 또 온다. 이번엔 간병인이었다.

"네, 저예요. 어머니에게 무슨 일이 있나요?"

"별일은 없는데, 어르신이 자꾸 따님을 찾으시네요. 직장 사람들과 등산 갔는데 애가 오질 않는다고, 무슨 사고라도 난 모양이라고 아까부터 그 얘기만 하시는 거예요. 옆 환자분들이 자꾸 눈치를 주니 오실 수 있으면 잠깐 다녀가시는 것도 좋을 거 같아요."

경호가 시무룩한 표정으로 물었다.

"간병인?"

"이럴 줄 알았어. 내 팔자에 무슨 드라이브? 미안하지만 나, 지금 엄마 병원으로 가야겠어."

"그래, 할 수 없지, 뭐. 병원까지 바래다줄게."

"미안하고 고마워. 담에 내가 밥 한번 쏠게요. 근사한 걸로."

병원에 도착했을 때 엄마는 잠들어 있었다. 광풍이 지나가면 잠잠해지듯 소용돌이 후에 찾아든 엄마 나름의 휴식일 것이다. 허리 보조기 착용으로 식사나 편히 하는지 모르겠다고 간병인에게 묻자, 그녀는 오른쪽 검지를 입가에 대며 조용히 하라는 신호를 보냈다. 나는 그녀를 복도로 이끌며 물었다.

"언제 잠드셨어요?"

"한 5분 됐을 거야요. 아까는 너무 안절부절못하시다가 큰 소리로 역정을 내며 따님을 찾기에 제가 전화 드린 건데, 이럴 줄 알았으면 괜히 오시라고 했나 보네."

"아녜요."

대답은 이렇게 하면서도 속으론 야속했다. 일당 10만 원에 가끔 팁도 주는데 융통성 있게 해 주면 좀 좋은가. 온 김에 주치의 면담을 청했더니 마침 가능한 시간이라 잠깐 대면했다. 적어도 열흘 정도는 경과를 봐야 퇴원 여부를 알 것 같다고 한다. 간병인에게 인사하고 병원을 나섰다. 경호에게 상황을 알릴 겸 전화를 걸까 하다 그만두었다. 혹여 그가 다시 이쪽으로 올 수도 있지 않은가. 아까 그의 태도를 보면 오늘은 마음먹고 나를 찾은 느낌이다. 암만 생각해 봐도 의상까지 갖춰 입고 분위기 있게 음악을 틀어 주던 그의 행위를 가벼이 넘길 수는 없을 것 같다. 하지만 고기도 먹어 본 사람이 먹는다고, 나는 결혼은 물론 이성을 상대해 본 적이 거의 없기에 경호의 대시가(아까 그 행위가 대시에 해당한다면 말이다) 솔직히 낯설고 부담스러웠다. 더구나 내가 바라는 타입도 아닌 남자가 다가온다는 건. 아니, 바라는 대상이 찾아온다 해도 그렇지, 지금 내 나이는 모험을 감행하기엔 무리 되는 시점이지 싶은 것이다. 그리고 무엇보다 나를 망설이게 하는 건 치매 엄마를 돌봐야 한다는 나의 등짐이요, 현실에 맞춰 틀이 굳어진 내 의식과 습관, 마치도 구타하는 남편 밑에서 몸부림을 치면서도 그에게 길든 아내처럼 살아가는 나 자신, 일탈을 꿈꾸면서도 유폐된 자기만의 방에서 안주하길 편안해하는 역설적인 나 자신인 것이다. 이런 모습들이 때론 남들 눈엔 효도로 비춰지고 미화되어 나는 또 그 안에 갇혀버리고 마는 것 같다.

데폰타니

 병원을 나와 지하철을 탈까 하다가 택시를 잡는다. 택시에 올라 멍하니 거리를 내다보며 자문자답한다. 집에 가면 뭘 하지? 뭘 하긴? 아무것도 하지 않고 눕고만 싶다. 아니지, 집 안 대청소를 하는 것도 좋겠어. 송 노인이 퇴원하기 전에 말끔히.

 아파트 단지에 당도해 택시에서 내리려는데, 선자의 카톡이 온다.

 "데이트, 잼나니? 누군지 갈쳐줄 거지? ㅋㅋ."

 이모티콘도 뜬다. 네오(Neo)가 눈빛을 초롱초롱 반짝이며 연신 머리 굽혀 인사를 한다. 궁금하다는 의미일 터. 이모티콘 주인공들은 인간들보다 연기도 잘하고 표현력이 좋다. 엄마 세대들은 이런 것이 주는 꿀 재미를 모를 것이다. 네오의 인사에 시선을 두며 나는 현관문을 열고 난 뒤 선자의 전화번호를 눌렀다. 선자의 음성이 기다렸다는 듯 튀어나왔다.

"옴마야! 당장 가르쳐 달란 의미는 아니었는데."

"나, 지금 집이야."

"남자랑 있다더니?"

"가는 중에 파투 났음."

"왜? 뭐가 안 좋았어?"

"그건 아니고, 간병인이 날 불러서 갔지."

"어머나, 엄마한테 무슨 일이 있어?"

"간병 아줌마가 전화해서 엄마가 자꾸 나를 찾는다고 해서 갔더니 그새 주무셔서 지금 집으로 온 거야."

"뭐야, 대체? 별일도 아닌 걸 간병인이 널 찾았구나. 근데 아까 그 남자 누구였어?"

"맨입으론 못 가르쳐주지."

"잘 됐다. 내가 너한테 갈게. 마침 엄마도 안 계시니 얘기하기 좋겠네. 기다려, 내가 먹을 것 좀 챙겨 가지고 곧 갈게."

나는 선자의 말이 반갑기도 하고, 조금은 망설여지기도 했다. 친한 사이라도 더러 내키지 않는 경우가 있지 않은

가. 선자는 목소리가 큰 편인 데다가 음색이 소프라노라 몸이 지쳐 있는 날엔 여느 사람과 얘기하는 것보다 갑절로 피로감이 몰려왔다. 젊을 땐 몰랐으나 성인이 되고 더구나 육십이 넘고 보니 음성만으로도 피곤해지는 사람이 간혹 있었다. 그래도 어쩌랴. 상대가 선자인데.

 선자가 온 것은 삼십여 분이 지나서였다. 그때까지 나는 혹시나 모를 엄마의 썩은 굴비 같은 악취가 날까 봐 집 안을 환기시키고 그러고도 안심이 안 돼 분무기에 식초를 희석해 여기저기 분무했다.

 선자는 고기만두와 속 재료를 충실히 넣은 김밥과 호두과자 한 상자와 바나나와 딸기를 사 가지고 왔다. 나는 과일을 씻은 뒤 선자가 사 온 것을 식탁 위에 모두 펼쳐 놓았다. 선자는 평소 아침을 안 먹으니 속이 비었을 테고, 나는 아침을 먹지만 오늘 아침엔 거의 먹은 게 없어 먹을 준비가 돼 있었다. 커피 물도 올리며 선자가 좋아하는 베트남산 다람쥐똥 헤이즐넛 커피 포장을 뜯었다. 선자의 기호를 생각한 것이긴 하지만 혹시나 모를 악취에 대한 염려로 부러 향이 강한 커피를 택한 것이다.

 "너의 어머니껜 미안하지만, 집에서 호젓하게 만나는 게 얼마 만이니?"

"그러게. 우리 마음껏 먹자."

"아, 커피 향 죽인다. 근데 아까 그 남자는 누구야?"

선자가 커피 향 얘기만 하는 걸 보면 다른 냄새는 안 나는가 보다. 나는 비로소 안도하며 대답했다.

"남자랄 것도 없어."

"그게 무슨 말이야?"

"난 별 느낌 없었거든. 설렘 같은 게 털끝만치라도 있어야 하는데 아무렇지도 않았어. 내 팔자엔 결혼은커녕 연애도 없나 봐."

"글쎄 누구냐니깐?"

허물없는 사이라지만 그래도 경호의 프라이버시를 지켜 줘야 할 것 같아 나는 입을 다물었다. 사람들은 자기가 지녀보지 못한 것에 대한 환상이 있다. 사람만이 희망이라고 노래한 사람도 있었지만, 사람은 때로 겹겹의 불행을 안겨 주기도 한다. 내가 경호와 잘 되어 뒤늦게 결혼한다고 가정해 보자. 그도 언젠가 질병이나 치매에 걸리지 않는다고 누가 보장하는가. 암이나 다른 질환도 두렵지만 가장 신경 쓰이는 건 역시나 인격이 무너지는 치매다. 의학의 발달로 수명은 자꾸 늘어나는데 그에 비례해 치매 환자도 늘어나고 있으니 말이다.

"알 거 없어. 별일도 아니었는데 뭐. 그리고 나, 이제 결혼에 대한 환상 같은 건 없다. 이 나이에 결혼 해 봐야 남자 뒤치다꺼리하다가 덥석 치매라도 걸리면 어떻게 해? 나이 먹으니 치매부터 떠올라."

오랜 기간 불행을 겪어 본 자들은 섣부른 희망의 옷이 오히려 낯설고 불편하다. 마음 맞는 남자 만나 노후를 외롭지 않게 살아가는 것에 대한 기대보다는 생로병사의 수순에 맞춰 찾아올 질병부터 떠오르는 걸 어쩌랴. 나는 애당초 삶을 낙관적으로 보지 않는 것에 익숙해 있다. 모든 병이 두렵지만 특히 치매라면 나는 트라우마가 깊은 사람이다. 호두과자를 입에 넣으려다 말고 선자가 대답했다.

"맞아, 내가 전부터 너한테 그랬잖아. 연애는 하되 결혼은 하지 말라고. 남자라면 몰라도 여자는 자기 재산이 있으면 늘그막에 굳이 결혼할 필요가 없지. 내가 남편과 사별하고 힘들었는데, 만약 내 남편이 더 오래 살다가 치매라도 걸렸을 경우를 상상하면 차라리 그러기 전 세상 뜬 게 오히려 다행이란 생각이 들 때도 있었어. 전에 나랑 같은 직장에 다녔던 선배가 있는데, 글쎄 그 선배 남편이 요즘 치매라는 거야. 남편이 학벌도 좋고 보통 똑똑한 사람이 아니었거든. 65세 이상 노인 중 열 명에 한 사람은 치매라니 참 두려운 현실이지."

목소리가 큰 편인 선자 건만 치매 얘기를 할 때만은 음성도 낮아지고 표정은 어두웠다. 치매는 빈부나 인격을 가리지 않기에 누구든 치매의 덫에서 자유로울 수가 없다. 세상에 오만 가지 병이 있어도 당장 엄마로 인해 고통스럽다 보니 나이 들어가는 나의 화두는 언젠가부터 치매가 되고 말았다. 언젠가 읽었던 신문 기사가 불쑥 떠올랐다.

"신문에서 봤는데, 고대 로마에서는 노인을 데폰타니(Depontani)라 불렀대. 그건 다리에서 떠민다는 뜻이라더라. 모시기에 힘든 부모를 다리 위에서 떠밀어 익사시켰던 데서 비롯된 말인데, 우리도 고려장이라는 게 있었잖아. 흉노족들은 노부모를 자루 속에 담아 나무에 걸어 놓고 활로 사살하는 걸 지상의 효도로 쳤다니 끔찍하지? 예나 지금이나 노인 문제는 보통이 아닌가 봐. 근데 어찌 보면 그게 자연스러운 현상일지 몰라. 일단은 피차가 편해지니까. 냉정한 말 같지만, 노인들도 병들어 아프면 괴롭잖아? 자식도 마찬가지고. 나도 로마인들처럼 하고 싶을 때가 왜 없었겠냐만 언젠가 보니 물고기들은 물 흐름을 따르면서도 힘차게 역류하며 살더구나. 더 놀랐던 건 치어들도 그러더란 거야. 그 어린것들도 살기 위해선 그래야 한다는 걸 안다는 듯이 말이야. 그걸 보는 순간 뭔가 '심쿵' 했지. 물고기인들 거센 물살을 헤쳐 가는 게 쉽기만 했겠니? 정말이지 삶에는 정답이 없는 것 같아."

 내 말을 듣는 선자 얼굴에 여러 가닥의 표정들이 오가는 걸 나는 놓치지 않았다. 언제 날아들었는지 까치 한 마리가 베란다 창밖 에어컨 실외기 위에서 잠시 몸을 쉬고 있는 게 보였다. 이따금 닭이나 소고기를 사 오면 살에 붙은 기름을 떼어 새들 먹이로 실외기 위에 올려놓곤 했었다. 그러면 새들이 알아보고 쪼아 먹었는데 덩치가 큰 편인 까치는 기름 덩이를 몽땅 물고 가기도 했다. 어쩌면 저 까치는 몇 차례 먹어본 경험이 있는 녀석인지 모른다. 혹시나 하고 주변을 살피다가 잠깐 쉬어가는 건지도.

"뭘 봐?"

 선자가 내 시선이 밖으로 향한 걸 눈치챈 듯 물었다.

"까치. 방금 날아갔어. 까치 보니까 갑자기 울 엄마가 해준 얘기가 생각나. 옛날에 우리 엄마는 겨울에 까치만 보면 같은 얘기를 몇 번이고 재탕했어. 엄마 고향에선 까치가 정월 열 나흗날 울면 수수가 잘 된다고 했다나."

그런 얘기를 들려주던 시절의 엄마는 건강했다. 정신도 멀쩡했다. 엄마가 살아온 시절은 내가 살아온 시절보다 더 먼 과거로 거슬러 올라가기에 나로선 모두가 다 까마득하고 흥미로운 동화 속 옛 얘기였다.

"아까 그 남잔 누가 소개한 거야?"

선자는 다시 내가 만난 남자가 궁금해지는 모양이다. 나는 빙긋 웃으며 말을 돌렸다.

"너, 프레디 머큐리 알아?"

"알다마다. 록 밴드 퀸의 리드 싱어였지. 내가 록을 좋아하거든. 요즘 트로트가 대세라지만 나는 별 관심 없어. 근데 요즘 트로트 선풍이 일면서 난리도 아닌 거 아니?"

"사는 데 너무 뒤지면 안 되니까 가끔 보기는 했어. 임영웅이니 김호중이니 하는 정도는 알지. 다들 인물도 좋고 노래 실력도 대단하더라."

"근데 니가 프레디 머큐리를 어떻게 아니? 너는 그런 덴 관심 없었잖아?"

"몇 년 전부터 음악 영화는 더러 봤기 때문에 마리아 칼라스 영화도 보고 보헤미안 랩소디도 봤어. 근데 참 이상하더라. 예전엔 오직 클래식만 들었는데, 요즘은 그 경계가 무너졌어. 식성 변하는 것처럼 모든 게 변하나 봐."

둘 사이의 얘기가 두서없이 지그재그로 흐른다. 남자 얘기에서 치매 얘기로, 물고기 얘기로, 까치 얘기로, 까치에서 엄마 얘기로, 엄마에서 다시 프레디 얘기로. 나는 이런 게 은근히 재미있어지려고 한다. 식탁 위의 음식들도 비어 간다.
 "참, 너의 어머닌 언제 아버지랑 사별하셨어? 어릴 때라고는 알고 있지만…."
 이번엔 선자가 뜬금없이 죽은 아버지를 꺼냈다.
 "아버지에 대해선 전혀 기억이 없어. 내가 어릴 때가 아니라 엄마 배 속에 있을 때였대."
 "그래? 세상에! 엄마가 얼마나 고생 많으셨을까. 암튼, 그래도 엄마가 들려준 얘기는 있을 거잖아?"
 "이상하게 우리 엄만 아버지 얘기를 절대 안 하더라. 그래서 어쩌다 아버지 생각이 날 때면 막막해지고, 옛날 어른들이 말하듯 내가 다리 밑에서 주워 온 애는 아닌가 싶을 때도 있었어. 어릴 때 사람들이 그렇게 놀리면 왜 그렇게 서럽던지. 참, 너도 아버지가 일찍 돌아가셨잖아?"
 선자도 나처럼 어릴 때부터 아버지가 안 계셨던 걸 상기하며 나는 선자를 바라봤다. 순간 선자의 안색이 굳어지는가 싶더니 들고 있던 커피잔을 내려놓았다. 표정이 돌연 서늘했다.

"십 년 전인가 죽었다는 소문 들었어."

"뭐라고?"

"우리 아버지, 실은 살아 있었어. 근데 여자 얻어 딴 살림 차리고 우리 가족을 내버린 거였지. 그러니까 죽은 거나 다름없었고."

"그래?"

나는 허방에라도 내디딘 듯 철렁했다. 열 길 물속은 알아도 한 길 사람 속은 모른다고, 아무리 오랜 세월 함께했어도 알 수 없는 밑동이 있었던가 보다. 적어도 선자와 나 사이엔 비밀이 없다고 여겨왔는데 갑자기 선자가 머나먼 섬처럼 아득해 보였다. 마찬가지로 선자는 나를 얼마나 알고 있는 것일까. 사람이 사람을 안다는 건 고작해야 한두 겹의 허울만인 것 같아 조금은 쓸쓸해지면서, 여태껏 친하다고, 서로를 속속들이 안다고 여겨왔던 세월이, 그간 주고받은 친밀한 말들이 무색해지는 것 같았다.

"첩한테 얻은 자식이 넷이라나 봐. 그러니까 나에겐 배다른 동생들이 있는 거지. 삼남 일녀인가 그랬다니 본가인 우리가 뒷전이 되고 만 거야. 더구나 우린 딸만 있었으니…. 아버진 왜 우리를 저버렸을까. 딸만 둘이라 그랬나?

엄마랑 속궁합이 안 맞았나? 암튼 아버지는 떠올리기도 싫었는데 죽었다니 차라리 홀가분해."

그리고 보니 어린 시절 내가 살던 동네에서도 남편들이 작은댁을 얻어 부부 싸움하는 집들이 더러 있었다.

"얘, 우리 술이나 마시자. 에이, 아버지 얘기 나오니 갑자기 술 마시고 싶네. 내가 사 올게."

선자가 느닷없이 술 얘기를 꺼냈다.

"너, 차 가지고 왔잖아?"

"하룻밤 재워 주면 되잖아. 아님, 차 두고 우리 집으로 가든지. 암튼, 나 잠깐 나갔다 온다."

성격이 왈왈한 선자는 말이 떨어지기 바쁘게 현관문을 나섰다.

선자가 술 사러 나간 사이 나는 간병인에게 전화를 걸었다.

"어머니 일어나셨어요?"

"그럼요. 아까 잠깐 주무셨어요. 근데 따님이 다녀가셨다고 하니까 직장에 있는 애가 어떻게 왔느냐는 거예요. 그래서 모른 체해 버렸어요."

"보시면 알겠지만 어머닌 기분이 자주 바뀌고, 바뀌면

좀 전의 일을 전혀 기억하지 못하실 때가 많아요. 허리 보조기 때문에 저는 엄마 식사가 걱정되네요."

"영양제도 맞고 식사는 유동식으로 드리니까 큰 지장은 없으세요. 단지 보조기는 늘 해야 하니 아무래도 불편은 하시겠지요. 근데 어느 땐 어르신이 저를 어려워하는 것 같기도 해요."

"그러실 거예요. 저한테도 가끔은 그랬거든요. 제가 딸이라고 생각될 땐 아니지만 타인으로 여겨질 땐 주눅 든 모습으로 제 눈치를 보곤 하셨어요."

엄마 머릿속이 또 뒤엉킨 모양이었다. 엄마는 지금 어느 시점에 가 있는 것일까. 간병인과 통화를 마치고 나는 식탁 위를 정리했다. 이야기하며 먹다 보니 여자 둘이 어지간히 먹은 것 같다. 식탁 정리를 마친 뒤 잠깐 뉴스나 보려고 TV를 켜니 코로나 신규 환자 발생 숫자가 보도되고 있었다. 그리고 저 유명한 빌 게이츠의 이혼 소식이 들려왔다.

선자가 들어온 것은 십여 분이 지나서였다. 소주와 맥주와 육포와 견과류를 사 들고 왔다. 나는 TV를 끄면서 방금 봤던 뉴스를 물어 날랐다.

"얘, 빌 게이츠가 이혼한대. 아니, 이미 했다고 했던가?

암튼 그 사람들 끝장났대."

"이제 알았어? 어제도 뉴스에 몇 번이나 나왔는데?"

"난 뉴스도 별로 안 봐. 아니 못 본다고 하는 게 옳겠지. 엄마랑 아옹다옹 사느라 내 인생에 구멍 난 게 많지. 그나저나 날 더러 술 사 오라고 할 것이지 손님이 가냐?"

"넌 술도 별로 안 하잖아? 암튼 됐고, 술잔이나 갖다 줘. 나는 소맥 할 테니 너는 맥주 마셔라. 나 혼자 마시면 무슨 맛이니? 그나저나 빌 게이츠 그 인간이 하는 말이 웃겨요. 이혼 이유가 서로를 성장시킬 수 없어서 그런데."

"그러니까, 서로를 성장시킬 수 없을 땐 이혼해도 된다는 논리네. 내가 결혼을 해봤어야 알지. 너는 어땠니? 서로를 평생 성장시키며 살았어? 그 사람, 어디에 여자 묻어 둔 것 아닐까? 천하가 알아주는 남자니 정부도 많았겠지. 약발 떨어진 와이프에게선 자꾸 떨어져 나가야 할 이유를 찾아내고, 애인에게선 자꾸 함께해야 할 이유를 창조해 내고 말이다. 나는 연애도 결혼도 못 해봤지만 최근에 어떤 여류가 쓴 소설을 보니 연애란 순전히 자가발전적 환상이라더라. 말하자면 바닥을 몰라서 할 수 있는 거래."

말을 하다 말고 나는 그만 하하하 웃음이 터져 나왔

다. 한데 웃으면서 언뜻 바라본 선자의 얼굴이 야릇했다. 웃는 모습이긴 한데도 어딘가 냉소와 침통함이 버무려진 표정이었다. 나는 싱크대 찬장에서 예전에 엄마가 쓰던 작은 소주잔과 유리컵을 꺼내 식탁 위에 놓았다. 언제 적 잔인지 소주잔엔 내가 모르는 소주 회사 이름이 박혀 있었다. 소주잔을 바라보는 선자의 얼굴에 갑자기 웃음기가 너울처럼 번지며 좀 전의 어두운 표정을 덮어 버렸다.

"아이고, 세상에! 이게 언제 적 골동품이냐? 너의 어머니도 어지간히 그릇을 안 사셨구나. 이건 어디서 공짜로 받은 걸 텐데 여태 쓰셨다니."

"나는 살림을 안 해봤고, 엄마는 소문난 짠순이인 데다가 옛날 사람이라 우리 집엔 술잔도 변변한 게 없어."

아무튼 술은 각각의 잔에 부어졌다. 선자는 맥주에 소주를 혼합하고 내 잔엔 맥주만 따랐다. 뒤이어 짠~ 하고 잔을 부딪쳤고 술은 식도를 타고 술술 이동했다. 그리고 서로의 눈빛을 바라보며 눈웃음이 교환되었다. 선자는 잔을 비우도록 아무 말도 하지 않았다. 다시금 침울 모드로 돌아간 것 같았다. 그러더니 다시 자기 잔에 술을 부으며,

"니가 모르는 내가 또 있다. 너 그거 알아?"

선자는 취기가 제대로 오른 듯한 말투로 물었다. 술이 들어갔으니 당연히 취해야 한다는, 취하고 싶다는, 취할 거라는 자기 암시 때문인지 나도 조금은 알딸딸해지는 것 같았다.

"글쎄, 그건 우리 서로가 같지 않을까 싶네. 아무리 가까워도 다는 모르는 게 사람 속이고, 자기 자신도 자기를 모를 때가 있잖니. 타인을 다 알 수도 없고, 알 필요도 없지. 근데 내가 모르는 너가 뭔데?"

"내 결혼 생활이 어땠는지, 내가 살아 낸 세월이 어땠는지 너는 모를걸."

"무슨 소리야? 너야 그만하면 아들딸 낳고 잘 살았잖아. 남편이랑 백년해로는 못 했지만 그래도 넌 행복한 측 아니냐?"

"쇼윈도 부부 같았어. 결혼은 미친 짓이야."

"얘가, 오버하네. 너 취했니? 그건 영화 제목인 것 같은데? 소설 제목이었나? 암튼…."

선자는 다시 비감한 표정을 지었다. 아니 비감이란 말은 너무 고상하고 입 안 가득 구더기를 물고 있는 표정이라 해야 맞을 것이다. 그러면서 하는 말.

"봐라, 빌 게이츠도 결혼 생활 중에 여친과 여행 가고 그랬다잖아."

"인간의 욕망은 끝이 없는 건데 그런 갑 중의 최고 갑의 인생을 사는 사람이 뭔들 안 했겠니? 아까도 말했지만, 때론 물 흐르는 대로, 본능대로 사는 게 쉽긴 하지. 근데 선자야, 그게 너랑 무슨 상관이야?"

"내 남편도 그랬거든."

이게 무슨 말인가. 선자는 어려서 아버지가 돌아가셨다고 알려진 것만 제외하면 나와 비교해 모든 게 순탄한 편이었다. 뭔가를 가슴에 담아두지 않고 언제나 즉석에서 터뜨리는 호방한 성격이라 나는 비교적 그 애를 속속들이 알고 있다고 여겼다. 적령기에 자녀도 잘 낳았고 남편이 죽기까지 함께 금실 좋게 지내 왔다. 남편은 외모가 준수했고 성격도 원만하다고 알려진 사람이었다.

"그 인간이 내가 첫애 가졌을 때 바람피웠어. 근데 그 계집년을 퇴직한 후에도 다시 만난 거 있지."

"누군데?"

"고등학교 동창 년. 둘이 남녀공학 나왔거든."

"평생 하지 않았던 얘길 왜 이제 하니?"

나는 선자 남편의 외도 사실보다도 왜 이 시점에서 그 얘기를 꺼내는지가 더 궁금해졌다. 선자는 작위적인 웃음을 날리며 대답했다.

"빌 게이츠란 인간 때문인가 봐. 빌 게이츠는 이혼하는데, 우린 이혼하지 않았지. 왜 그랬는지 알아? 우리 엄마처럼 남편을 뺏기고 싶지 않았거든."

선자가 들려준 얘기론 상대 여성은 보험회사의 영업 사원이었다고 한다. 남편이 고등학교 동창회에 나갔다가 그녀를 만나게 되었고, 그녀는 자신의 비즈니스를 위해 어느 날 남편 퇴근 시간에 맞춰 찾아왔다는 것이다. 그게 화근의 출발이었다는 거였다.

"그 여잔 개인을 상대로 영업하는 게 아니라 직장 단위로 세일즈하는 프로였나 보더라. 처음엔 업무차 우리 남편에게 도움을 청하는 식으로 만나다가 나중엔 불륜 사이가 된 거겠지."

송 노인, 우리 엄마도 한때는 보험 아줌마였다. 엄마 시절엔 여성 보험 영업 사원을 그렇게 불렀다. 기혼 여성들의 일자리가 마땅찮던 시절, 서민층 주부들은 집에다 봉제 인형이나 편물 공장 바느질 하청 물건을 갖다 놓고 한 개에 얼마씩 감질나는 푼돈을 받아 가며 반찬값을 보태었다. 그러다 일부 주부들이 생활비나 교육비 좀 벌어 보겠다고 선발대로 보험업에 뛰어들고 연줄연줄 알음 알음 이끌려 보험회사로 진출했다. 그곳에 가면 옷도 사 입고 친구도 생기고 외식도 하고 실적만 잘 올리면 제주 도나 해외여행도 갈 수 있다는 말에 없던 용기를 내었다. 이삼 일이 멀다 하고 행주나 식용유 같은 생활용품을 받 아서 쓰는 재미도 가정주부 마음을 끌기에 충분했다.

내가 고등학교 입학할 무렵, 출근만 잘해도 3개월간은 기본급을 보장한다는 동네 통장 마누라의 권유로 엄마 도 보험회사 문턱을 밟게 되었다. 기본 봉급을 정확히 기 억하진 못하지만, 주부에겐 적지 않은 금액이었다. 그 기 간 엄마는 보험에 대해 공부를 하면서 자격시험에 붙어야 한다며 걱정하는 모습도 보였다. 엄마는 수시로 뭔가를 들고 왔고 오늘 점심은 어디 가서 무얼 먹었다는 자랑을 늘어놓았으며, 내가 걸려서 사 왔다는 전기구이 통닭을 통째로 안겨 주곤 했다.

나는 사춘기의 반항심을 깔고 있으면서도 한편으론, 가방끈이 짧은 가난뱅이 엄마가 졸지에 직장 여성으로 환골탈태되어 소위 출근이란 걸 하게 된 게 기적처럼 신기 하고 기뻤다. 머리매무새도 가꾸며 방구석 아줌마를 벗어 나게 된 것이 그렇게나 놀랍고 흥미로울 수가 없었다. 때 문에 되도록 고분고분 잘 따르려 노력하며 엄마가 들고 오는 선물 보따리를 기다렸다. 엄마의 새 출발로 가난한 우리 모녀가 앞으로 살아갈 불안에서 벗어날 수 있는 게 무엇보다 희망적이고 좋았다.

사촌이 땅을 사면 배가 아프다는 말은 괜히 나온 말이 아니었다. 슬레이트 지붕 밑 좁은 방구석에서 진종일 먼지나 먹어 가며 봉제 인형 뒷마무리 대가로 개당 몇 푼 돈을 모으던 동네 아낙들은 엄마의 보험사 진출을 축하해 주는 척하면서도 시퉁스럽게 헐뜯곤 하였다. 주부가 그런 데 다니면 바람난다든지, 몸 팔아 가며 보험 따내는 여자들이 있다든지 하는 말을 서슴지 않으며 뒷말을 해 대곤 했다. 봉제 노동으로 어깨가 쑤시던 참에 엄마에 대한 험담을 씹는 일은 그야말로 오징어 땅콩이요 피로를 덜어주는 박카스 드링크제였을 것이다.

엄마는 찾아갈 고객이 없어 그런 여자들을 상대로 알량한 영업을 해야 했는데, 그들은 대체로 고만고만한 가난뱅이였기에 애초 보험의 고객이 될 만한 깜냥이 아니었다. 설령 돈이 있다 해도 곗돈이나 부으면 부었지 해약하면 본전도 안 내주는 보험이 그들에게 먹힐 리 없었다. 첫 고객이 되어 준 사람은 외삼촌이었지만 엄마는 실적이 부진해 일 년도 못 채우고 회사를 나와야 했다.

나는 엄마의 그 시절을 추억하다 말고 선자에게 물었다. 그걸 어떻게 알았냐고.

"직감. 여자의 육감 있잖아? 넌 결혼을 안 했으니 남편들의 수상한 바람기를 알아내는 직감을 발휘할 기회가 없어서 모르겠지만. 어느 날 남편 양복을 세탁소에 보내려고 주머니를 뒤지는데 속주머니에서 웬 명함이 나오는 거야. 근데, 내가 선무당 기질이 있었는지 명함을 보는 순간 불길한 느낌부터 확 솟구치더라고."

선자는 화장실에 들어가 소변을 보고 나온 뒤 다시 말을 이어 갔다.

"어릴 때부터 듣기 싫었던 말이 있었어. 우리 동네 어떤 아줌마, 그 여자는 주책바가지였는데, 툭하면 딸은 엄마 팔자를 닮는다는 말을 내던지곤 해서 나는 그 말이 그렇게도 듣기 싫었단다. 살다 보면 가끔 그런 사람들이 있지? 심술보를 타고난, 괜히 이유도 없이 나대며 남의 심사나 긁어대는 오도깝스러운 족속들 말이야."

선자 말에 나는 맞장구쳤다. 옛 우리 동네의 심술 아줌마들을 상기하면서.

"맞아. 세상엔 그런 사람들이 어디나 있어."

배가 불러 맥주는 그만 마시고 싶다며 나는 자리를 소

파로 옮겼다. 연거푸 잔을 비운 선자는 자기도 술은 그만 먹겠다면서 식탁 의자를 돌려 나를 바라봤다.

"우리, 사회적 거리를 유지하며 얘기하자. 이 정도면 5미터는 될 테니 마스크 안 써도 될 거야. 창문도 열려 있겠다."

"그래서 그 불륜이 얼마나 지속된 거야?"

안 좋은 사연이긴 해도 마무리는 필요하다 싶었다. 질문하면서도 선자의 얼굴을 정시하진 않았다. 정색하며 묻기보다 무심한 듯 자연스럽게 얘기를 끌고 가는 게 좋을 것 같아서였다.

"그거야 내가 어찌 알겠니? 굵직한 사건 몇 가지를 알고 있을 뿐이지. 나 임신했을 때 기미를 알아챈 후 유능한 흥신소 사람을 썼어. 근데 혹시나 했던 게 덜미가 잡히고 말았지. 그것들이 함께 모텔에 들어가는 걸 흥신소가 귀신같이 잡아내 사진으로 보내 줬거든. 그 길로 나는 이판사판 결심하며 깽판을 쳤어. 직장에 다 까발리고 애는 지우고 이혼도 불사할 거라고. 그 기집년도 만나서 보험회사 것들은 다 너 같으냐고 들이댔어. 솔직히 그 기집년, 키도 늘씬하고 인물이 반반했어. 그래서 더욱 천불이 나 엄마한테 죄다 얘기하고 도와 달라고 했지. 엄마 딸이 지금 엄마 꼴 나게 생겼다고. 그랬더니 엄마는 나보다 더 길길이 뛰면서 하루는 퇴근해 돌아오길 기다렸다가 집에 들어서는 자기 사위 귀싸대기를 후려쳤단다. 그러곤 시집 식구들에게 죄다 불어버리겠다고 소리쳤어. 엄마는 자기가 옛날에 남편에게 당한 화풀이를 몽땅 사위에게 쏟는 듯했어. 딸의 운명이 걸린 문제니 보이는 게 없었겠지."

"세상에! 그런 난리를 치르고도 너는 조용했구나. 넌 나보다 활달한 성격이고 감추는 게 없다고 생각했는데."

"엄마같이 될까 봐 정말, 정말, 두렵고 겁났거든. 말만 꺼내도 부정 탈까 봐, 내 인생이 무너져 버릴까 봐 입을 다물었어. 사람들이 남 얘기를 얼마나 함부로 하니? 그리고 주위의 내 친구들은 다들 조용히 살고 있는데 초장부터 나만 이런 꼴을 당하고 산다는 걸 내보이기가 진짜 싫었어. 다행히 첫애가 아들이다 보니 그 인간이 얼마간은 마음을 잡는 듯했지."

"얼마간이라니?"

"한 번 혼쭐이 났으니까 섣부른 짓은 안 하겠지, 더구나 저 빼닮은 아들자식도 안겨 줬으니 알아서 기겠거니 하고 얼마간 내버려 뒀어. 애 키우느라 내 코가 석 자가 되다 보니 솔직히 지랄할 기운도 없어지더라. 잠이 모자라서 틈만 나면 하품이 나고 자고 싶은데 무슨 열 낼 기운이 있었겠니. 사내애들은 딸과 달리 육아가 곱절은 힘들어. 우리 애는 돌도 되기 전에 걸음마를 했고 냉장고 문짝도 열어젖히고 했거든."

별의별 사연들이 한숨과 웃음과 눈물로 범벅되어 둘 사이를 오갔다. 달고 쓰고 짜고 시고 구리고 떫은 얘기들이. 선자가 힘들어한 것은 남편이 그녀를 진정 좋아하는 것 같은 느낌을 받았기 때문이라고 했다. 일시적 바람기였다면 자신도 지워 버릴 수 있었겠으나 단순한 바람기가 아니라는 것이 자신을 더 힘들고 외롭게 했다는 거였다. 자신은 남편에게 떳떳하기 위해 시집 식구에게도 잘했고, 남편에게 트집 잡힐 거리를 만들지 않았으며, 이재에도 신경 써서 집안도 일궜다는 것이다. 언제나 신경(神經)처럼 외쳐 온 것은 '내 사전에 이혼은 없다'였다고. 자신의 신조를 지켜 온 선자가 대단하다 싶었다. 인간은 누구든 그만이 지닌 특별함이 숨어 있는 것 같았다. 나는 속으로 중얼거렸다. 설혹 하찮게 보이는 인간일지라도 그 사람만이 지닌 뭔가가 있다고. 그 때문에 인간은 누구나 서로에게 스승 역할을 해 줄 만한 나름의 존귀성이 내재해 있는 거라고. 아니, 그게 어디 인간뿐이냐고. 시선을 넓혀 보면 물고기나 벌레도, 새나 풀도 모두 다 그런걸.

  선자는 오후 3시경에 차를 놔두고 집으로 돌아갔다. 아들딸들이 어버이날에 앞서 저녁때 새끼들 데리고 미리 다녀간다고 연락이 왔다면서 집 안 청소라도 해놔야 한다는 거였다.

  선자가 가고 나자, 무인도에 홀로 남은 듯한 적적함이 밀려왔다. 새삼 사랑을 나누고 가정을 이룬다는 건 얼마나 축복받은 일인가, 자식 낳아 젖을 물려 본 여성은 얼마나 복된 존재인가, 그 자식이 성장해 2세를 낳아 품에 안겨 준다는 건 얼마나 벅찬 행복일까 싶었다. 한데 나는 아무것도 없다. 시들어 가는 내 육신과 노망난 엄마 외엔 그 아무것도. 나는 설거지를 하며 그릇에 묻어 있는 세제의 미끈거림을 세척하면서 나의 외로움을 씻어 내렸다.

  설거지를 마친 뒤 녹차 티백 우린 잔을 들고 TV를 틀었더니 한 종편 프로에서 결혼하지 않은 어느 여성 연예인이 정자를 기증받아 아기를 낳은 사연이 방송되고 있었다. 국내에선 정자은행이 갖춰져 있지 않기에 외국까지 가서 성공적인 출산을 한 것이다. 물론 아버지가 누군지는 모른다. 하지만 정자를 제공하는 사람에 대해서는 기준을 까다롭게 한다는 해설을 들으며 나는 화면에 몰입했다. 내 자궁의 기능이 아직 살아 있을 때 이런 보도를 접했다면 나 역시도 시도해 봤음 직한 사연이었다. 더구나 키와 학력 등 조건이 우월한 유전자를 받을 수 있다니 이 얼마나 멋진 신세계인가. 고등학교 때 읽은 올더스 헉슬리의 소설 〈멋진 신세계〉가 절로 떠올랐다. 그때만 해도 소설가의 기발한 상상력에만 경탄했을 뿐 그런 세계가 당도하리라고 믿지 않았다. 정말이지 눈곱만치도.

 정자 가격도 상품에 따라 가격이 다르단다. 1~2만 원짜리 정자가 있는가 하면 70만 원 이상 가는 고가의 정자까지. 이쯤 되면 헉슬리가 말한 2045년까지 갈 것도 없겠다. 그가 말한 알파, 베타, 감마, 델타, 입실론 등 다섯 계급으로 나뉜 계급 사회는 아니어도 우리 사회도 경제적인 것에 초점을 맞추면 상중하로 나뉘며 그것을 세분하면 다섯 계급 이상으로 나누어질 것이다. 지금 우리 사회도 중하층 계급에선 결혼과 아이를 포기하고 산다. 이러다 미래 어느 날인가는 소설 속에서처럼 고민이나 불만이 생기더라도 '소마'라는 신경 안정제를 먹으며 해결할 날이 오지 않을까. 가령 나 같은 여자들도 '소마'라는 안정제를 먹으면 좀 전의 외로움쯤은 거품처럼 사라지게 될지도 모를 일이다. 외로움과는 결이 다른 고독 해소제도 개발될 것이고. 그렇다면 치매를 해결할 치료제는 언제쯤이나 등장할까. 멋진 신세계여, 제발, 부디, 모쪼록 인간들의 치매부터 해결해다오.

중간부터 봤기 때문인지 흥미 있게 보던 정자은행 방송은 얼마 안 되어 끝나고 광고가 나왔다. 굶주리는 아동을 위해 월 1만 원씩 후원 요청을 하는 공익 광고였다. 그 광고가 보이면 나는 마음이 괴로워 채널을 돌리곤 했지만 그러면 또 유사한 광고가 뜨면서 3만 원씩 후원해 달라는 내용이 나오곤 했다. 처음엔 화면 속의 피골이 상접한 아프리카 아이가 가엾고 마음 아파 보는 족족 후원금을 보내기도 했으나 이젠 하도 많이 봐서 식상하고 별 느낌이 오지 않았다.

TV를 끄고 베란다로 나갔더니 엄마가 지성껏 가꾸던 남천이 내 허리만큼 자라 있다. 이대로 두면 빨래 말리기에도 지장이 있고 머잖아 베란다 천정에까지 닿을 것 같아 작년 어느 날 엄마 몰래 전지를 했다가 난리가 난 적이 있었다. 엄마는 누군가 남천을 훔쳐 갔다고 속상해했다. 키가 너무 웃자라서 가지를 잘라 주었다고 말해도 소용없었다. 엄마는 그 길로 밖으로 나가더니 계단을 오르내리며 누가 남의 집 화분을 훔쳐 갔냐며 궁시렁대었다. 20년도 더 키운 식물이었으니 그럴 만도 했지만, 그토록 요란 피울 줄은 몰랐다. 엄마는 그 후로도 가끔 화분 훔쳐 가는 도둑이 있다고, 그 인간을 꼭 잡고야 말겠다고 씨근거렸다.

남천 화분 옆엔 엄마가 씨를 심어 몇 년째 베어 먹는 부추가 있고, 그 옆에선 내가 심어 놓은 개양귀비 두 송이가 빨간 꽃을 피웠다. 며칠 전만 해도 꽃은 봉오리 상태였는데 며칠 새에 양귀비는 이렇게 꽃망울을 터뜨린 것이다.

"어머나!"

나도 모르게 탄성이 나왔다. 밖에서 마음껏 햇볕 머금고 자란 게 아니라서 개양귀비는 비실비실 키만 멀쑥했다. 그래도 내 손으로 씨를 뿌려 꽃을 피웠다는 게 신기했다. 화초 가꾸기에 별 관심이 없는 나였지만 남천에 대한 엄마의 관심을 돌려볼 겸 궁여지책으로 생각해 낸 게 개양귀비였다. 개양귀비 씨를 뿌려 꽃까지 보고 나니 자식 낳는 기분을 알 것 같았다.

나는 개양귀비를 바라보다가 뭔가 발견하곤 눈을 크게 떴다. 가느다란 줄기 끝에 봉긋 맺힌 양귀비 꽃송이는 얼마 전만 해도 봉오리가 아래를 향한 채 거꾸로 된 U

자 형태로 포물선을 그리고 있었다. 한데 개화된 두 송이는 고개가 꼿꼿했다. 주변의 다른 봉우리를 살펴보니 송이가 작을수록 거꾸로 된 U자 모양으로 있고 송이가 부풀어 개화에 가까울수록 고개를 직선으로 들고 있었다. 그러니까 개양귀비는 매일 조금씩 송이를 부풀리는 동시에 조금씩 고개를 들고 있었던 거다. 자식이 자랄 때도 이렇게 신비하고 놀라웠을 것이라며 나는 선홍색 개양귀비 꽃을 보고 또 보았다. 보드랍고 얄따란 꽃잎을 조심스레 만지며 엄마도, 우리 엄마도 그랬을까 생각했다. 내가 엄마의 배를 풍선처럼 부풀려 가고 있을 때 엄마는 자신의 태중 아기를 향해 신기해했을 거다. 그리고 마침내 열 달을 채우고 내가 세상 빛을 보았을 땐 산고도 잊고 환호성을 내질렀을 것이다. 별것 아닌 개양귀비 개화에 이런 감탄이 나오는데.

나는 양귀비를 바라보다가 엄마에게 다녀와야겠다는 생각이 들었다. 꽃바구니를 들고 가고 싶었다. 내일이 어버이날이라 외출복으로 갈아입고 현관을 나섰다. 꽃집에 들러 카네이션 바구니와 간병인에게 꽂아줄 카네이션을 사야 할 것 같았다. 아파트 공원길을 지나가다가 잔디밭 옆에 군락을 이루고 피어 있는 클로버에 눈길이 갔다. 나는 클로버꽃을 몇 송이 따 백 속에 넣었다. 이파리도 서너 개 따서 넣었다. 엄마에게 꽃반지를 만들어 줄 참이었다. 어릴 적에 엄마와 나는 클로버꽃으로 반지도 만들고 팔찌도 만들고 목걸이도 만들었다.

화원에 들르니 꽃값이 생각보다 비싸다. 나는 만 오천 원을 주고 리본 달린 카네이션 작은 꽃바구니를 샀다. 만 원 정도 예상했기에 간병인 몫은 생략하고 대신 호두과자 가게에 들러 작은 상자 하나를 주문했다. 간병인에겐 꽃보다 먹을 것이 나을 것이다. 다시 발길을 아파트로 돌려 차 시동을 걸면서 나는 간병인에게 전화했다.

"제가 잠깐 들르겠어요. 지금 출발해요."

엄마의 병원은 차만 막히지 않으면 십여 분 내에 도착한다. 병실로 들어서니 엄마는 침대에 누워 내 쪽을 바라본다. 나를 보는 것 같기도 하고 꽃바구니를 보는 것 같기도 한 표정으로.

"엄마, 좀 어떠세요?"

나는 엄마 곁으로 다가가 엄마 이마에 흘러내린 머리칼을 쓸어 올렸다.

"어버이날이라 카네이션 사 왔어요."

엄마에게 꽃바구니를 보여 준 뒤 바구니를 머리맡 협탁

으로 옮겼다. 간병인이 다소 호들갑스럽게 거들었다.
"아이고, 어르신, 따님이 꽃바구니도 사 오시고 좋으시겠네요."
그러나 엄마는 내 얼굴을 빤히 바라보며 말했다.
"따님은 무슨? 웬 할머니구먼."
나는 엄마의 표정이 하도 생뚱맞아 그만 웃음이 터져 나왔다. 그러면서 얼마 전만 해도 엄마가 나를 아주머니라고 불렀는데 며칠 새 내 인상이 할머니처럼 변했나 싶어 민망했다.
"맞아요, 엄마. 엄마 딸도 이젠 할머니야."
그다음 엄마 말이 웃겼다.
"근데, 할머닌 얼굴은 늙었으면서 왜 머리는 새까매?"
그 소리에 옆의 환자와 보호자들이 까르르 웃어댔다. 그들은 우리가 모녀 사이임을 알기에 웃음이 터질 만했다. 엄마는 사람들의 웃음에 다소 우쭐해져 말을 이었다.
"할멈은 맨날 머리 만지며 이렇게 빌었지? 머리야, 머리야, 흰 놈은 가져가고 검은 놈은 돌려다오."
병실의 사람들의 반응에 엄마는 더욱 기가 살아났다.
"머리가 암만 까매도 당신은 할멈이야, 할멈."
"그만해요, 엄마. 나는 엄마 딸이에요. 엄마 딸."

"당신이 왜 내 딸이야? 다 늙은 할머니가?"

이번엔 아무도 웃지 않았다. 아니 웃지 못했다. 아무리 노망난 노인네의 말이라지만 내가 그렇게 늙어 보였나 싶어 얼굴이 달아오른다. 고대 로마의 데폰타니, 다리에서 떠민다는 뜻이라는 그 말이 왜 나왔는지 알 것 같았다. 저쯤 되면 저 늙은이는 인간도 아니다.

간병인에겐 인사 없이 병실을 나섰다. 주책없이 흐르는 눈물 때문이었다. 엘리베이터를 타고 주차장으로 내려오는 동안 동승한 사람들이 나를 흘끔 바라봤다. 씁쓸하고 민망했다. 게다가 젖은 시야가 가물거리는 바람에 주차장에서 주차 위치를 몰라 두리번거리기까지 하였다. 나이 들면 노여움도 많아지고 눈물 참기도 힘들더라는 3층 할머니 말이 떠올랐다. 한참 만에 겨우 찾아 차 시동을 걸면서 나는 혼자 중얼거렸다. 엄마, 이제 제발 내 앞에서 사라져 버려요. 딸도 몰라보는 사람을 내가 언제까지 봐줘야 하는 거야? 간병인에게 맡겼으면 됐지, 병원엔 왜 쓸데없는 걸음 해서 망신을 자초했나 싶었다.

까막골 여자

 집으로 와 백 안의 휴대폰을 꺼내려다 보니 아까 따 넣었던 클로버 꽃송이가 백 구석에서 맥없이 시들어 있다. 버리려다가 컵에 물을 받아 클로버꽃과 이파리를 물에 담근 뒤 싱크대 위에 놓곤 옷을 갈아입으려 안방으로 들어갔다. 좀 전에 벗어 놓은 침대 위의 옷가지가 얼핏 육탈한 시체 같은 착시를 일으켰다. 입고 있던 옷을 벗어 옷걸이에 거는데 옆 거울로 내 모습이 스친다. 낯익은 저 여자. 이마의 주름살과 불거진 눈 밑 지방주머니와 늘어진 볼살. 엄마가 나를 할머니라 부른 것이야말로 '벌거벗은 임금님'에 나오는 소년의 말일지 몰랐다. 코로나로 마스크 시대가 되고 보니 이것도 기회라고 성형수술하는 여자들이 늘어났다는 선자 말이 생각났다. 이미 얼굴

몇 군데를 손본 선자는 이 집 저 집 리모델링하는데 나만 안 하면 흉가가 되고 만다나. 하지만 나는 나이 든 사람만의 아름다움을 고수하고 싶은 사람이다. 그게 뜻대로 안 돼서 이 몰골이지만 나도 왕년엔 한 미모했단 말이다. 엄마로 인해 내 삶의 질은 엉망이 되고 그 엉망의 삶은 내 얼굴을 볼썽사납게 구겨놓았다. 이런 나를 잊지 않고 가끔 연락을 준 경호가 새삼 고마운 생각이 들었다. 최소한 그는 여자의 껍데기에 좌우되는 인간은 아닌 것 같아서.

해는 이미 서산으로 사라졌는데도 사위(四圍)엔 잔광이 아직 감돌고 있다. 머잖아 어둠이 내릴 것이다. 전 같으면 엄마와 실랑이하느라 법석을 떨었을 시간에 한가로이 노니는 게 몸에 배질 않아 저녁 무렵이면 나는 괜스레 집안을 서성거린다. 엄마가 빠져나간 일상의 공백을 메울 뭔가를 찾기엔 아직 내 몸의 관성은 예전에 머물러 있는 모양이다.

노인의 우울증은 치매로 갈 확률이 높다는 기사를 본 적이 있었다. 치매 환자의 딸인 내가 치매에 걸리지 말란 법은 없을 거란 사실이 나를 움츠러들게 한다. 엄마의 치매가 어느 날 불쑥 나타난 건 아니었다. 나는 엄마가 전과 다른 행동을 보여도 누구나 겪는 노화 현상으로 여겼지, 그게 치매의 징후라는 걸 몰랐다. 변덕이 잦아지고 화를 잘 내고 반찬 솜씨가 달라지고 같은 이야기를 몇 번씩이나 처음처럼 말하고 최근에 있던 일을 기억 못 하고 두통을 호소하고… 그 모든 걸 늙어가는 여자의 우울증이거나 일반적인 노화 증세라고 넘겼다.

육신과 더불어 뇌도 노화된다면 나 또한 이미 치매의 지뢰밭에 근접해 있는 건지 모른다. 두근거리는 가슴을 진정시키려 나는 하릴없이 창밖도 내다보고 냉장고를 열어도 보다가 아까 컵에 꽂았던 클로버에 시선이 갔다. 클로버는 그새 물기를 머금고 고개를 반듯하게 들고 있었다. 물기 한 모금, 그 작은 것이 생명을 살린 게 새삼 경이로워 나도 물 한잔을 따라 마셨다.

저녁밥을 챙기려 냉장고를 뒤져보니 밥이 하나도 없다. 햇반이라도 남아 있나 찬장을 살폈지만, 그것조차 안 보인다. 밥 지으려 쌀통을 열었더니 쌀알 열댓 톨만 보일 뿐이다. 마트에 들러 쌀과 빵을 사려고 집을 나섰다.

아파트 어린이 놀이터 근방 느티나무 곁을 지나고 있을 때였다. 웬 할머니가 연신 혼잣말을 하며 불안한 걸음걸이로 이리저리 배회하는 게 보였다. 젊은이였다면 피해 갔을지 모르나 노인이라 나는 할머니의 동정을 유심히 살폈다. 어둑발에 젖어 든 노인 모습은 옹색스러웠고 아파트 정원의 나무들도 외등 빛에 회녹색으로 보여 언뜻 우주 밖 어느 외계 같은 느낌마저 들었다. 이곳은 오래된 단지이기에 고목도 많고 숲이 제법 울창하여 어둠 내린 시각에 나뭇잎이 바람 따라 흔들릴 때면 그사이에 작은 요괴들이 숨어 있다가 낄낄대는 것 같은 묘한 무섬증과 환각을 일으키곤 했다. 개와 늑대의 시간에, 이 혼미한 시간에 저 노인은 무슨 까닭으로 밖을 서성이는 것일까. 주위엔 사람이 보이지 않아 나는 할머니가 놀랄까 봐 일부러 인기척을 내며 다가갔다. 그러자,

"저기… 내가… 집에 가는 차를 타려 하는데, 버스 정거장이 어디요?"

노인이 먼저 내게 다가오며 물었다. 손에는 검은색 천 가방이 들려 있었으나 차림새는 집에서 뒹굴던 차림으로 나온 것 같았다.

"집이 어디신데요?"…

"거기… 저기… 뭣이냐… 까막골. 까마귀가 많아서…"

나는 노인이 정상이 아님을 알아채었다. 이 할머니도 치매 환자거나 정신질환자임이 틀림없을 것 같았다.

"할머니, 이곳에 사셔요? 몇 동 몇 호세요? 날도 어두웠는데 제가 모셔다드릴까요?"

"나, 우리 집에 갈 거야. 버스 정거장이 여기 있었는데 어디로 간겨?"

뜻하지 않게 만난 할머니로 난감하기만 했다. 헤매는 노인을 두고 그냥 갈 수도, 마냥 이 노인과 실랑이를 벌일 수만도 없어 나는 노인의 팔을 잡고 관리실 쪽으로 이끌었다. 그때였다.

"저기요, 잠깐만요."

테니스장 옆으로 난 좁은 통로 쪽에서 웬 여자가 달려오며 거친 숨소리를 내었다. 그녀는 노인을 보자 인상을 찌푸리며 낚아채듯 할머니의 팔을 잡아당겼다.

"정말, 미치겠네!"

"가족이세요? 할머니가 집에 가는 버스를 타야 한다며 서성거리시기에 관리소에 도움을 청하려던 참이었어요."

"아무튼 감사해요. 근데 정말이지 환장하겠네요. 하루 이틀도 아니고…."

그녀는 할머니의 며느리라고 했다. 시어머니가 치매를 앓고 있는데, 얼마 전부터 툭하면 집을 나가는 바람에 식구들이 할머니를 찾느라 애를 먹는 중이란다. 오늘도 잠시 김치 버무리는 새에 사라진 거였다는 것이다.

"여기 사시나 봐요."

"웬걸요? 저희는 저기 7단지에 살아요. 잠깐만요. 어머니 찾았다고 남편에게 전화부터 해야겠어요. 지금 온 식구들이 어머니 찾느라고 난리거든요. 정말이지 개 목걸이로 묶어 놓든지 해야지 못 살겠어요."

'내로남불'이라더니 그 심정이 이해되면서도 과잉한 그녀의 신경질은 다소 거슬렸다. 그녀가 남편에게 전화를 거는 사이 나는 그 자리를 벗어났다. 그녀를 통해 나를 보는 것 같았다. 나도 엄마에게 시달릴 때면 엄마가 환자라는 걸 알면서도 감정 제어가 되질 않는다. 낮에 병원에서 있었던 내 모습이 떠올랐다. 죽어버리라고 저주하지 않았던가. 자기 엄마를 향해 죽어버리라고 악담을 퍼붓는 못된 딸이라니, 종교에서 말하는 지옥이란 죽어서 가는 곳이 아닐 것이다. 천국도 지옥도 다 이 세상에서 겪는다.

그 할머니를 보고 나니 남 일 같지가 않다. 만약 장차 내가 치매에 걸린다면 어찌해야 하나. 만약 내가 치매에 걸린다 해도 누가 나를 관찰하며 치매에 걸렸다는 걸 알려줄 것이며 병원으로 안내할 것인가. 마트로 향하는 걸음이 바윗돌을 매달아 놓은 듯 무겁다. 노인을 다리에서 떠민다는 고대 로마의 데폰타니는 치매 때문이 아니었을 것 같은 생각이 들었다. 현대인에 비해 단명했던 시대이니 치매라는 것도 요즘처럼 흔치는 않았을 것이다. 그저 병들고 쇠약해져 음식만 축내고 생활에 보탬이 안 되는 노인이라 그랬을지 모른다.

마트 안은 예상보다 붐볐고 유효 기간이 얼마 남지 않은 신선 식품 할인 판매대에는 젊은 주부들이 몰려 바구니에 물건을 담고 있었다. 이 마트에서 오전에 직접 구워 파는 빵 코너는 언제나 인기다. 나도 그들 틈에 끼어 크루아상 세 개를 비닐봉지에 담고, 쌀 판매대로 옮겨 5킬로그램 쌀 봉지를 잡았다가 이내 3킬로그램으로 바꿨다. 배달시키기에도 마뜩잖고 무거운 짐을 들고 낑낑대며 어두운 거리를 걸어가기가 버겁기 때문이었다.

다시 그 회녹색 숲 근처를 지날 때였다. 언제 나왔는지 아파트 공원 운동기구 방향에 몇 사람이 움직이는 게 보였다. 한 영감이 사이클을 돌리고 있고 그 옆의 뚱뚱한 할머니는 스카이 워킹을 하고 있다. 외등 빛으로 혼합된 어둠이 그들을 감싸고 있어 눈앞의 광경은 연극무대 세트 같기도 하고 꿈속 같은 기분이 들게도 했다.

"얼마나 더 할 거야?"

영감이 볼멘 음성으로 투덜거린다.

"잔소리 말고 조금만 더 해요. 낮엔 사람들이 많잖아요."

영감은 운동하기 싫어하는데 할머니가 억지로 끌고 나온 모양이다. 전방 5미터쯤 거리에서 젊은 남녀가 누런색 푸들 강아지를 데리고 내 쪽으로 오고 있었다. 나는 그들이 가까이 오는 동안 줄곧 푸들에게 시선을 고정했다. 강아지와 함께 걷는 금요일 밤의 그들은 평화로워 보인다. 나도 한때 푸들을 키워 보려 한 적이 있었는데 엄마가 극구 반대하는 바람에 반려견의 꿈은 이루어지지 않았다. 짐승 새끼 키우는 게 사람 하나 몫을 한다는 엄마의 사설이 귀에 딱지가 앉도록 지속되었기 때문이었다.

어둠 고여 있는 네모 공간

 도어록의 여덟 개 번호를 누른 뒤 나는 어둠이 가득 고인 나만의 네모 공간으로 들어간다. 오늘따라 집안은 숨조차 죽인 듯 고요하다. 윗집도, 창문도, 냉장고도 침묵 중이다. 무거운 쇼핑백을 현관 바닥에 내려놓고 나는 아무도 없는 어둠을 향해 중얼거렸다.

 "엄마, 나 왔어. 밥 줘요. 배고파."
 "오늘 저녁 반찬은 뭐야?"

 나는 방금 퇴근하여 들어온 것처럼 코를 큼큼거리며 지난날의 엄마를 향하여 말을 건네본다. 치매 이전의 엄마가 기다리고 있는 집이 그리워 한동안 말뚝처럼 선 채로. 퇴근 후 집에 오면 나는 밥부터 찾았고 엄마는 가장이나 다름없는 딸을 위해 남편에게 하듯 정성으로 상을 차렸다. 찹쌀 넣어 닭 한 마리를 고아놓기도 하고, 겨울이면 사골국을 한 달 내내 끓이기도 하면서. 나는 육고기보다 어류를 좋아하는 편이었지만 엄마에게 있어 영양식이란 오직 소나 닭이나 돼지 같은 육류를 의미했다. 사람은 고기를 먹어야 기운을 쓸 수 있고, 생선은 고기에 비하면 어림도 없다는 지론은 엄마의 신앙에 가까웠다.

직장 동료들과 주말 산행이라도 하고 오는 날이면 엄마는 내가 좋아하는 전복죽을 끓여 놓았다. 그건 엄마로선 특별한 배려였는데, 아마도 그런 날은 가장(?)이 진을 뺐을 테니 특별히 좋아하는 음식을 해 줘야겠다고 생각하는 것 같았다. 봉급날이면 대접은 더욱 극진해져서 그날 하루는 잔칫상처럼 차려 주었다. 그러곤 "우리 정인이, 고맙습니다."라고 존칭을 썼다. 평소 말투는 꿀이 떨어지는 억양이 아니었음에도 그런 날은 특별히 그랬다. 마치 내 엄마가 아닌 것처럼.

떨칠 수 없는 쓸쓸함이 계속하여 혼잣말을 중얼거리게 한다. 나는 마트에서 사 온 물건을 식탁 위에 앉으며 전기 스위치를 올렸다. 베란다 창 너머로 아파트의 불빛이 보이고 거실 유리창이 전신 거울처럼 내 모습을 반사했다.

"누구세요. 그쪽은?"

빈집의 정적을 깨고자 나는 창에 비친 여자에게 장난스레 말을 걸어 보았다. 이어 그녀를 향해 손을 흔들어 주었다. 물론 그녀도 나에게 손을 흔들었다. 언제고 엄마가 세상을 뜨고 나면 이렇게 살아내야 할 것이다. 일인다역(一人多役). 나는 나의 친구가 돼야 할 것이고, 간호사도 돼야 할 것이고, 조리사도 돼 줘야 할 것이다. 청소놀래기란 물고기는 수컷 한 마리와 암컷 몇 마리가 무리 생활하다가 수컷이 죽으면 덩치 큰 암컷이 수컷으로 변한다고 하지 않는가. 일인다역을 하는 거나 암수를 바꾸는 거나 모두가 살자고 하는 일이다.

고요하던 집안의 적요를 밀어내며 갑자기 위층에서 쿵쾅거리는 소리가 들려왔다. 짐작건대 방금 사람들이 집에 온 것 같았다. 위층엔 노부부가 살고 있는데, 때때로 딸네가 찾아왔다. 딸네 아이들은 철부지들인 듯 오기만 하면 정신없이 뛰어다니거나 제자리 뜀질을 하곤 했다. 언젠가는 너무 시끄러워 뛰어올라가 항의도 했었지만, 오늘은 차라리 애들이 뛰어주는 게 고마울 지경이다.

쿵쾅쿵쾅, 쿵쿵쾅쾅, 쿵쾅쾅쿵쾅…. 소리는 크레셴도와 데크레셴도를 불규칙하게 반복하면서 다시 크레셴도 되다가 마침내는 아이들의 악악거리는 소리까지 베란다를 통해 들려왔다. 언젠가는 이런 상황이 자정 가까이 계속되는 바람에 엄마가 인터폰으로 위층을 연결해 싸움까지 한 적이 있었다. 그런 일이 몇 번 반복되니까 윗집에서도 듣기 싫었던지 철없는 애들이 그러는 걸 어쩌느냐고, 요즘 인구가 줄어 아이 소리도 듣기 힘들어지는데 애국하는 셈 치고 참아 달라는 거였다. 그러자 엄마가 뛰어올라가려 하기에 내가 팔을 붙잡았더니 엄마는 천정을 향해 소리를 질러 대었다.

"손주 새끼들이 있다 그거지? 유세 한번 요란하구나."

"엄마가 참아. 층간 소음 때문에 살인까지 저지르는 세상이에요."

내 말이 채 끝나기도 전에 엄마 입에서 조롱이 쏟아졌다.

"그래, 너는 뭐 하느라 남들 다 가는 시집도 못 가고 자식새끼 하나 못 낳고 사는 거냐?"

세상에, 이게 엄마가 나에게 할 소린가 싶었다. 젊은 시절 엄마는 입으론 시집을 가야지, 그래야 내가 두 다릴 뻗지, 하면서도 내가 누군가의 소개로 남자를 만날 기미만 보이면, 사내놈들이란 더러운 늑대라는 둥 두 눈 똑바로 뜨고 살라는 둥 어깃장을 놓곤 했다. 그 기억이 나자 나도 속이 뒤집혀 맞고함을 질러 대었다.
"말 좀 한번 해볼까? 내가 누구 때문에 시집을 못 간 건데? 이게 다 엄마 때문이란 걸 정말 모르고 하는 소리예요?"
 엄마도 지지 않고 들이대었다.
"오냐, 어디 한번 말 좀 해보자. 내가 너 시집 못 가게 발목이라도 잡았더냐?"
"뭐라고요? 벌써, 치매야? 정말 몰라서 물어? 내가 남잘 만난다고 하면 남자란 다 짐승 새끼라면서 엄마가 은근히 훼방 놓지 않았어? 괜히 불안해하고 괜히 히스테리 부리면서 못 만나게 했잖아. 게다가 엄마가 얼마나 병치레를 했는데? 내가 그 뒷바라지하느라 아무 짓도 못 했다고."
 그 순간만큼은 엄마를 내패대기칠 것처럼 덤벼들었다. 치매라고 했다, 그때. 그때만 해도 한 치 앞을 모르고, 내 엄마에겐 치매라는 게 오지 않을 줄 알고 치매라는 말을 함부로 입에 올렸다. 그러자 엄마가 큰 소리로 맞받아쳤다.
"오냐, 그래, 나 치매다. 그런 거 다 잊어버려서 암 생각도 안 난다. 난 딸년 덕 본 거 하나도 모른다. 어쩔래?"
"차라리 치매라도 걸려 버리면 내 속이 더 편하겠어. 차라리 좋겠다고. 왜 툭 하면 그렇게 성질을 내? 과부라서 그런 거야? 이런 장모 좋아할 사위가 세상천지에 어디 있겠어? 엄마는 병적이라 내가 결혼해도 훼방이나 놓았을 사람이야. 내가 시집 안 가길 천 번 만 번 잘했지."

"그래, 니 말대로 차라리 노망이라도 나면 목탄 같은 내 속이 백설처럼 희어지겠구나. 차라리 그리되면 이마빡에 피가 나도록 하나님 부처님 고맙다고 절이라도 하겠다."

이튿날 아침이 밝자 나는 내 입으로 쏟아 냈던 극언의 유치함이 떠올라 마음이 무거웠다. 엄마를 불쌍히 여기는 마음만큼이나 혐오 또한 깊다는 걸 이번에도 확인한 셈이었다. 때론 증오가 연민을 압도했다. 나만이 느끼는 엄마의 그 알 수 없는 이상 성격 때문이었다. 한데 이제 돌이켜보니 말이 씨가 된다는 게 이런 거였구나 싶은 것이 선자가 왜 남편에게 그 속을 썩으면서도 입을 열지 않았는지 비로소 알 것 같았다.

그 일이 있고 난 이후 엄마와 나는 근 한 달 가까이 말을 섞지 않았다. 필요한 용건만 단답형으로 주고받았다. 어쩌면 서로 주고받은 상처가 너무 커서 두 사람 모두 아직 헤어나지 못하는 것일 수도 있었고, 서로를 향한 미안함과 무안함으로 말문을 못 여는 것일 수도, 그러다가도 감정이 도로 뒤집어져 상대에게 당한 모욕감을 다시금 되새김하느라 그런지도 몰랐다. 그게 정년퇴직하기 1년 전쯤의 일이었다.

　카톡.

　누군가에게서 카톡이 왔다. 단체 톡 방에서 온 거였다. 소파에 앉아 카톡을 확인하니 미연이 띄운 것으로 TV 방송에도 나왔던 치매 상식에 대한 동영상이었다. 언젠가도 우리 카톡 방에서 본 거였는데 댓글이 줄줄이 사탕처럼 올라온다.

　'전에도 본 거지만 복습하겠습니다.'
　'치매는 인간의 의지 밖. 공부한들 어쩔 것인가. ㅜㅜ'
　'치매 걸려도 당사자는 모를 테니 미리 절망하지 맙시다.'
　'그게 아니라 치매 당사자도 괴롭다던데?'

　마지막 댓글은 선자가 올린 거였다. 남자 동창들이 그 뒤를 이었다.

　'노경(老境)의 외로움은 우울과 치매를 불러올 수 있다니 우리 자주 만나자.'
　'웬수 같은 코로나로 생사람 치매될라. ㅜㅜㅜㅜ'

　갖가지 이모티콘도 보였다. 나는 카톡 방을 나와 포털의 뉴스를 클릭하다가, 다시 여성 의류 광고를 보다가, 요리 동영상으로 갔다가, 관심 가는 동영상엔 광고가 뜨는 게 짜증이 나서 또 다른 유튜브로 옮겨 어느 스님의 설법을 듣다가 중간 정도에서 핸드폰을 끄고는 내가 장 봐 온 것도 놔둔 채 여태 헛짓에 몰두해 있었음을 그제야 알아차렸다. 그러자 갑자기 배가 꺼질 듯이, 뱃가죽이 등짝에 붙은 듯이 허기가 몰려왔다. 나는 현관에 두었던 쌀과 빵이 담긴 쇼핑백을 들고 주방으로 가서 냉장고의 우유를 반 컵 따르고 크루아상 세 개를 단숨에 입속으로 욱여넣었다.

허겁지겁 먹고 나니 버터 향의 뒷맛이 느끼해 토마토 한 개를 갈아 마셨다. 토마토는 좋아하지 않으면서도 영양 균형을 위해 늘 사다 놓는 편이었다. 이건 순전히 나의 영양사⑺인 윤정인이 내게 지시한 일이다. 아는 게 병이라고, 예전엔 엄마가 적당 크기로 썰어 설탕을 듬뿍 얹어 주는 걸 좋아했지만, 언젠가부터는 설탕을 빼고 그냥 먹는다. 밥을 지으려 쌀을 물에 담그는데 전화벨이 울렸다. 외삼촌이었다.

"어머닌 좀 어떠시냐?"

"오늘 잠깐 다녀왔어요."

"그래, 퇴원은 언제쯤이나 할 수 있대?"

"아직은 좀 더 기다려야 할 것 같아요."

"너 가면 반가워하시긴 하냐?"

"웬걸요. 저더러 할머니래요. 물론 저도 이젠 할머니가 맞긴 하죠. 근데 전혀 모르는 할머니인 듯 대하는 거예요. 그래서 그냥 왔어요."

"아니, 널 보고 할머니라고 해?"

"그러게요. 치매란 게 점점 더 나빠지는 거니 어쩌겠어요?"

"할 말이 없구나. 내가 수일 내로 한번 문병 가려 했는데…."

"전부터도 어떤 땐 저를 딸로 여기고, 또 어떤 땐 자신을 돌봐주는 고마운 사람으로 여기는 듯했거든요. 정신이 왔다 갔다 하니까요."

"그래, 많이 답답했겠다."

콧날이 시큰했다. 외삼촌이 때론 아버지 같은 존재였다.

"엄마랑 살 땐 매일 티격태격했는데 그래도 그게 사람 사는 거였구나 싶기도 하네요."

"누님이 화가 많아 성질은 잘 내도 자기 때문에 딸이 시집도 못 가고 산다고 늘 가슴 아파하셨지. 아들딸 안 가리고 자식이 하나만 더 있었어도 얼마나 좋았겠냐."

"아버지가 좀만 더 오래 사셨어도…"

나도 모르게 아버지 얘기가 툭 나와 버렸다.

어둠 고여 있는 네모 공간

"그래, 너무 일찍 가셨어."

소용없는 말을 했다 싶어 나는 화제를 돌렸다.

"언제 병원 가실 건지 미리 알려주시면 저도 시간 맞춰 볼게요."

"네가 엄마 때문에 얼마나 힘들지 내가 다 안다. 그래도 엄마 불쌍히 여겨다오. 누님이 참 아픈 인생 사셨단다. 내가 형편 좀 보고 다시 연락하마."

감정이 격해졌는지 외삼촌의 음성이 흔들리고 있었다.

"외삼촌, 건강히 오래 사셔야 해요."

외삼촌은 대답 없이 잠깐 뜸을 들인 후 "그래." 하며 전화를 끊었다.

끝이 어딘가요

 지난밤부터 내리던 비가 장맛비처럼 줄기차게 퍼붓는다. 바람이 없어 비는 주렴처럼 수직으로 내리고 있다. 하릴없이 그 수직과 수직 사이를 바라보다가 다시 우리 집 대각선 방향의 아파트 베란다에서 누군가 화초 손질하는 광경을 바라보고 있는데 간병인으로부터 전화가 왔다.

 "오늘 몇 가지 검사해 보고 별문제 없으면 모레쯤은 퇴원 준비해도 된대요. 그런데, 보조기 때문인지 몸이 자꾸 가렵다고 하셔서 이젠 그게 더 문제라요. 그냥 가려운 게 아니라 몸속에 벌레가 살고 있다고…."

 며칠 전 외삼촌과 함께 엄마를 찾아갔을 때 엄마는 표정 없는 몽롱한 눈빛으로 우리를 맞았다. 내가 검은색 마스크를 착용하고 있어선가 전혀 알아보지 못하는 눈치였다. 목까지 덮은 이불이 다소 두터워 보여 내가 이불을 조금 내리려 하자 옆에 있던 간병인이 손사래를 쳤다.

"아이고, 아니라요. 이상하게 어르신은 밤낮 춥대요. 병실이라 에어컨도 약하게 틀어 놓는데 손도 발도 다 시리데요."

그러자 엄마는 그 소리를 들은 듯 "추워. 추워." 하며 같은 말을 되풀이했다.

"엄마, 한여름이 왔는데 그렇게 추워요?"

나는 이불을 목까지 여며 주고는 엄마의 발치께로 옮겨 이불을 들추고 엄마의 발을 보았다. 작고 앙상해진 두 발엔 한동안 깎지 못한 발톱이 뼛조각처럼 두껍고 딱딱하게 자라 있고, 오른쪽 엄지발가락 아랫부분 발바닥에 박혀 있는 티눈도 누런빛으로 두텁게 튀어나와 엄마의 고된 평생을 보여 주는 것 같았다. 손도 거칠었지만, 발이 더 심했다. 손과 발은 그렇게 엄마의 인생을 대변하고 있었다.

엄마는 평소 자기 발이 흉한 걸 잘 알기에 더운 여름에도 양말을 벗지 않았다. 어느 해인가, 엄마가 발바닥에 가시가 박혔다고, 잘 안 보이니 눈 밝은 나더러 빼달라고 하는 걸 "에이. 미안하지만 엄마 발은 솔직히 만지기가 좀 싫어. 무슨 여자 발이 그래?" 하며 거절한 적이 있었다. 약간의 장난기를 섞은 말이었음에도 엄마는 서운했는지 "제 똥 기저귀 빤 손으로 밥 얻어먹은 년이 그런 말을 해?" 하며 눈을 흘겼다. 그러면서 보험회사 다닌답시고 볼 좁고 굽 있는 구두 신고 진종일 이 집 저 집 다니다 보니 그리됐노라고 했다. 하지만 내 기억으론 엄마 발은 보험회사 다니기 이전부터도 가년스럽고 거칠었다.

  나는 그런 엄마의 발을 얼마간 주물러 주었다. 외삼촌과 간병인 앞에서 내가 착한 딸이라는 걸 보여 주고 싶은 허세도 조금은 작용했을 것이나 발을 보는 순간 그동안 엄마에게 심하게 굴었던 게 미안해서 정성껏 만져 주었다. 발을 매만지자, 엄마는 다소 간지럼을 느끼는 듯 잠시 발가락을 꼼지락거렸지만 이내 가만히 있었다. 그 모습을 지켜보던 외삼촌이 말했다.

  "언젠가, 너 어렸을 때 니가 뭔가를 먹고 된통 체했는데, 엄마가 니 배를 문지르다가 손발을 주무르던 모습이 생각나는구나. 우리 어렸을 땐 배탈이 나면 어머니나 할머니가 쓱쓱 내려가라, 내 손은 약손이다, 하면서 문질러 주셨는데 그러면 진짜로 배가 나았지."

  그때 엄마가 고개를 약간 들어 시선을 아래로 향했다.

"아줌마, 뉘신지 고마워요. 아줌마 고마워요. 기분 좋아요."

나는 뭐라고 할까 하다가, 딸로 생각하든 모르는 여자로 생각하든 중요한 건 지금 엄마가 발 마사지를 즐기고 좋아하는 게 아닐까 싶어 말을 삼켰다. 갑자기 누선이 뜨거워지며 눈물이 배어 나왔다. 이런 일이 벌어지리라곤 생각지 못한 터라 조금 당혹스러웠다.

발을 만지고 있으려니 오래전 직장 친구가 발 반사구 마사지를 배우는 중이라면서 휴일에 우리 집까지 찾아와 내 발을 만져 주던 일이 떠올랐다. 그날 딱 한 번 있던 일이라 그동안 까맣게 잊고 있었는데, 지금 엄마의 발을 매만지다가 그 기억이 떠오른 것이다. 그녀는 발 마사지가 대체의학적인 효과도 있다고 했었다. 사람의 발은 제2의 심장이며 인체 오장육부가 축약돼 있다면서, 발 마사지를 받다 보면 유난히 통증이 느껴지는 부분이 있는데, 그건 그 부위에 해당하는 내장 기관에 뭔가 이상이 생겼다는 신호라는 거였다. 혹시 속이 더부룩하거나 불편할 땐 발바닥 한가운데 있는 용천혈을 누르라면서 내 발바닥에 빨간 볼펜으로 표시해 주던 기억도 있다.

마침 내리 사나흘여 배 속이 안 좋았기에 용천을 눌러

달라고 하자 그녀는 준비해 온 지압봉으로 내 발을 눌러 주었는데, 순간 비명을 지를 만큼 아파서 나도 모르게 발길질을 했었다. 세상에, 이런 기억들은 다 어디 박혀 있다가 스프링이 튀어 오르듯 튕겨 나오는지 모를 일이다. 이따금 옷장 정리를 하다 보면 서랍 구석에 끼어 있던 옷이 꼬깃꼬깃 구겨진 채 발견되는 적이 있다. 한때는 열심히 입었던 옷인데 어느 날 옷장이나 서랍으로 들어간 후 시야에서 사라졌다가 우연히 발견되는 일이. 사람의 기억 또한 그런 것인가.

그날 나는 직장 친구가 해주는 마사지를 받다가 나도 모르게 스르르 잠이 들었다. 깜빡 눈을 붙인 뒤 깨어난 나에게 그녀가 웃으며 물었다.

"어땠어? 나, 한 달 후엔 자격증 시험을 봐야 하거든. 그러니까 솔직히 말해 줘."

그때 내 대답이 이러했다.

"글쎄, 아픈 데도 있고 간지러운 데도 있는데 전반적으로 기분이 좋고 나른해지며 잠이 왔어."

"정말? 와, 고생한 보람 있네. 마사지를 받는 사람은 기분이 좋지만, 해주는 사람은 꽤 힘든 작업이야. 한 사람만 해 줘도 몸의 기가 다 빠져나가는 것 같다니까."

"근데 이 힘든 걸 왜 해? 직장 일도 피곤한데?"

"자기 발은 스스로 못 하는 거라 내가 배워 남편에게 가르쳐 준 다음 서로서로 마사지를 받게 하려는 하는 거야. 그러면 부부 사이도 좋아지고 건강도 좋아지고 그야말로 임도 보고 뽕도 따니 왓따지."

요즘 애들이 '짱'이라고 하는 걸 그때 우린 '왓따'라고 했었다. 한참 그녀 생각을 하고 있는데 외삼촌이 내 등 뒤로 다가오며 말했다.

"주무신다."

나는 그녀처럼 전문적인 마사지를 한 것도 아니고 무슨 도구를 사용한 것도 아니었다. 그저 생각나는 대로 들쭉날쭉 엄마 발을 주무르고 만지고 발가락을 하나하나 잡아 빼듯이 당겨도 보고 꾹꾹 눌러·주고 한 것뿐이었다.

엄마가 잠이 들자, 외삼촌은 간병인을 복도로 불러내 엄마의 근황을 들으며 물었다.

"혹시 가족을 찾지는 않으시던가요?"

"이상할 정도로 그런 말은 전혀 없으세요. 며칠 전부터는 자꾸 어머닐 만나러 가야 한다고 일으켜 달라고 하셔서 애먹었어요."

"어머니요?"

"어머니가 재 너머에서 오고 있다고…. 그랬다가 다시 뭔 이름을 대면서 거기 안 가겠다고 우시더라고요. 그러다가도 아까 말씀드린 것처럼 자꾸 몸에 벌레가 있어 가렵고 아프다면서 잡아 달라고 하세요."

외삼촌이 대답했다.

"몸에 갑옷을 두르고 있으니 왜 안 그러시겠어요."

"근데 그게 정도가 심하시니 문제라요. 어르신은 어떤 일에 한번 생각이 몰리면 자꾸 그 얘기만 하시는걸요. 잠도 안 주무시고 그런 날도 있어서 간호사에게 얘기해 뒀어요. 그래서 약도 새로 처방했다는데, 어젠 그 약 갖고도 안 되는지 자꾸 벌레 잡아 달라고…."

잠시 전 엄마를 향했던 애틋함이 물러나며 그 자리로 먹장구름이 몰려왔다. 엄마는 한번 뭔가에 의심이나 생각이 꽂히면 곁에 있는 사람을 집요할 만큼 힘들게 한다.

"그럴 땐 딴 데로 화제를 돌려 보세요. 저도 그랬거든요. 환자 말에 일일이 대꾸할 수도 없고, 그럴 필요도 없어요. 그렇지만 환자는 계속 거기에 꽂혀 주변 사람을 힘들게 하니까 눈치껏 다른 데로 관심을 돌리셔야 해요."

나는 간병인이 이 정도 상식은 알고 있겠거니 하면서도

첫날 당부했던 얘기를 거듭하였다.

"실은 제가 일반 환자들만 봐줬지 치매는 이번이 두 번째라요. 첨에는 돈 많은 영감님이었는데, 마나님이 그해 봄에 죽어서 자식들이 가정부를 들여 돌보다가 제가 간병하게 되었는데…."

그녀는 자기 신상 얘기를 하다가 내 얼굴을 흘끗 바라보며 뜸을 들이더니 작은 소리로 말했다. 환자 영감이 자꾸 자기 몸에 손을 대고 만지려 해서 도무지 견뎌 낼 수가 없었다고. 여유 있는 집이라 가정부 겸 간병인을 하면서 급여도 많이 받았노라고. 자녀들 형편이 넉넉해서 자기에게 따로 용돈도 챙겨 주어 좋은 환자를 만났구나 싶었으나 그만둘 수밖에 없었다고. 그녀는 여기서 잠깐 말꼬리를 흐리다가 내 쪽을 향해 눈을 찡긋하더니 내 귓전에 대고 속삭였다. 손안에 들어오는 돈을 생각하면 이런 환자만 돌봤으면 했지만, 영감이 자꾸 자기 거시기를 손으로 만져 달라는 데는 견딜 수가 없었노라고.

"그 영감태기, 허우대는 인자한 목사님같이 생겼더란 말이야요."

그런 사례를 알고는 있었으나 듣기에 망측했다.

"세상에! 그래서 얼마 동안 하셨는데요?"

"우리 아들이 교통사고만 안 났어도 대번 그만뒀을 텐데 돈 때문에 참고 넉 달을 일했어요. 아이구, 아이구, 몸서리. 씻길 때마다 거길 주무르라고 하질 않나 내 젖가슴을 만지질 않나…. 어째 사내들이란 다들 그 모양인지."

그녀는 진저리 치듯 고개를 절레절레 젓다가 상체를 부르르 떨었다. 나이에 어울리지 않게 어깨까지 기른 파마머리가 어색해 보이긴 했어도 거짓을 말하는 것 같진 않았다. 외삼촌 귀에까지 소리가 들렸는지 외삼촌도 한마디 거들었다.

"거참, 그 영감님도 어쩌다가… 아이구, 정말이지 치매는 도리가 없나 봅니다."

"어지간만 했어두 일을 계속했을 텐데…."

나는 그녀의 유난히 새까만 머리칼 틈새로 흰 머리칼이 자라고 있는 걸 바라보며 대답했다.

"정말 힘드셨겠어요."

누군가 이런 말을 했다. 기억은 나를 나이게 하는 거라고. 한데 치매 환자들은 내장돼 있던 그 기억이 뒤범벅되며, 시공간이 뒤엉키며, 망상에 빠져 그때마다 다중적인 모습으로 변한다. 갑자기 안에서 엄마의 다급한 소리가 들려왔다.

"벌레 좀 잡아줘. 가려워!"

"어쩌면 좋아? 어르신 또 시작이네."

간병인이 잽싸게 병실로 들어갔다. 나와 외삼촌도 그 뒤를 따랐다. 좀 전의 순하게 잠들어 있던 엄마는 어디로 가고 엄마는 양손을 옆으로 벌리며 괴로운 듯 버둥거렸다.

"잡아 줘! 몸에 벌레가 있어! 이 갑옷 좀 풀어줘요. 좀 긁어 봐요."

"있잖아요, 어르신, 그게 벌레가 아니라 보조기 때문에…."

간병인은 보조기가 닿지 않은 곳을 긁어 주며 말했다. 그녀의 말이 채 끝나기 전에 엄마가 간병인의 말허리를 잘랐다.

"그게 아니야. 거기 말구 겨드랑이도 가렵구 사타구니도 가렵구 똥구멍도 가려워."

엄마의 얼굴은 바라보기가 거북할 정도로 일그러져 있었다. 내가 엄마에게 다가가며 물었다.

"엄마, 지금 젤 가려운 데가 어디예요? 말 좀 해 봐요. 긁어 드릴게."

"아냐, 저 아줌마더러 긁으라구 해."

"엄마, 엄마, 저, 정인이에요. 여기 외삼촌도 와 계시고."

"누님, 저예요. 누님 동생 형만이, 송형만이."

"가려워, 가려워, 보지도 가려워! 벌레가 맨날 거길 파고 들어 나 죽을 것 같아."

엄마 옆 환자의 보호자가 칸막이 커튼 틈새로 얼굴을 들이밀었다.

"할머니, 좀 조용히 말하세요. 혼자 전세 낸 병실 아니잖아요?"

"정말 저 할머니 땜에 병실을 옮겨 달래든지 해야지 못 살겠네. 낫던 병도 도지게 생겼어."

엄마가 치매 환자임을 알면서도 침상의 환자마다 한마디씩 얹었다. 나는 곤혹스러워 졸지에 얼굴이 벌겋게 달아올랐다.

"정말 죄송합니다. 근데 엄마가 이러는 걸 회진 때 주치의 선생님도 보셨나요?"

간병인이 어눌하게 답했다.

"이런 지가 사흘 정도 되셔서… 선생님도 벌써 알고는 있지요. 근데 피부과 선생님은 별다른 병변이 없다고 일단 두고 보자고 하시네요."

"아니, 이렇게 힘들어서 괴로워하시는데 두고 보자고 해요?"

"약은 주셨어요. 보조기도 하시고 노인들 피부가 건조해서 그럴 수도 있다고…."

엄마의 날카로운 목소리가 다시 천정을 찔렀다.

"뭐 해? 얼른 긁어. 얼른 잡아. 벌레가 달려들어! 내 살을 뜯어버려도 돼!"

2주 뒤.

엄마 허리는 다행히 경과가 좋아 보조기도 작은 사이즈로 교체하고 퇴원했다.

퇴원 하루 전날이었다. 경호가 일삼아 군이 병원까지 찾아온 적이 있었다. 양복을 차려입고 온 그는 엄마에게 잠깐 인사하고는 나를 복도로 이끌었다. 그런 다음 윗옷 안주머니에서 꺼낸 흰 봉투를 내밀며 엄마 좋아하시는 걸 사드리라고 했다. 봉투 안엔 오만 원짜리 지폐 열 장이 들어 있었다. 내가 봉투를 들고 그를 바라보자, 경호는 내 손을 두 손으로 쥐면서 작은 성의니 넣어 두라고 했다. 이어서 들고 왔던 가방을 열고 투명 비닐에 포장된 흰색 물건을 꺼내 보였다.

"이거, 허리 아픈 환자에게 좋은 거라 가져와 봤어. 지금 이건 내가 전에 썼던 구형이고 요새 새로 출시된 신형 제품이 있다고 해서 그걸 새로 구입할 생각이야."

"이게 뭐예요? 허리 보호대 같네."

"맞아. 이 회사 대표가 원래 허리가 좋지 않았대. 그래서 그 사업에 착수한 거라더라. 그야말로 환자의 입장에서 연구를 거듭해 가며 만든 거래. 내가 처음 써 본 게 벌써 20년 전이었는데, 그때 동창들과 축구 시합이 있었고 내가 골키퍼를 했다구. 그러다 시합 앞두고 허리를 삐끗하는 바람에 난감했는데 한 선배가 이 회사 제품을 추천했어. 처음엔 반신반의했지. 진통제를 먹기도 했지만, 이 보조기 힘이 컸어. 우리 팀이 이겼거든. 그땐 정말 보조기에 절이라도 하고 싶더라니까. 경기 치른 후엔 병원에 다니며 본격적인 치료를 받았지만 말야."

그는 계단 쪽으로 가자고 하더니 내 옷 위에 보조기를 착용해 보라고 권했다. 제대로 하려면 에어 주입을 해야 하지만 일단 감(感)만 느껴 보라는 거였다. 몸에 장착하니 금세 허리가 받쳐지고 힘이 들어가는 것 같았다. 새로 나온 제품은 사용법이 훨씬 간편하고 기능도 업그레이드되었다기에 나도 관심이 갔다.

"와우, 해 보니 좋네! 나도 가끔 허리가 안 좋은데 하나 장만 해야겠어."

여느 때의 어조와 달리 나는 한결 나긋한 억양으로 말했다. 뿔테 안경 너머로 경호의 눈빛이 흐뭇하게 젖어 드는 게 보였다. 평소와 다른 내 모습에 감동을 느낀 듯한 눈빛이었다. 이어진 그의 말이 내 가슴에 작은 파문을 일으켰다.

"이게 무슨 감정인지는 모르지만, 어머니에게 극진한 정인 씨를 보면 대단하다는 생각이 들고 더 좋아진다. 앞으론 작은 도움이라도 주는 친구로 살고 싶으니 내 변변찮은 도움이 필요할 땐 언제든지 말해 줘요."

그러면서 허리에 착용한 보호대를 손수 풀어 주었다. 오빠처럼, 아버지처럼. 순간 가슴이 찌릿하면서 벅차올랐다. 젊은 애들의 '썸'을 탄다는 말이 이런 건가 싶었다.

엄마의 퇴원 이후 나는 다시금 내 시야 가까이 있는 송 노인과 24시간을 함께하며 허덕거리는 중이다. 송 노인의 입원으로 잠시 감정의 휴지기를 보냈던 내 마음은 그녀를 향한 연민과 짜증으로 다시 휘둘리는 중이다. 안 보일 땐 걱정되고 측은지심이 솟더니 이젠 두 가지 감정이 동시에 나를 흔들어 대고 있다. 무엇보다 견디기 힘든 건 벌레 타령이었다. 옷을 들치고 손바닥으로 일일이 더듬어 가며 확인시켜도 엄마는 막무가내다. 그러다 젖가슴에 손이라도 닿으면 흡사 뜨거운 물에 덴 듯이 몸을 오그리다가 다시 벌레 타령으로 돌아갔다. 발작하듯 소리치며 사지를 버둥거릴 땐 짧은 순간이지만 엄마가 죽기를 간절히 바랐다. 아니, 엄마는 이미 존재하지 않는다.

 아침부터 예의 그 썩은 굴비 냄새가 나는 바람에 식사도 거르고 말았다. 오후에 연경이가 온다고 했던 것 같아 락스물에 빤 걸레로 집 안 청소나 할까 하다가 그만두었다. 연경에게 직접 그 냄새를 맡아보게 할 생각이었다. 엄마가 병원에 있을 때, 나는 간병인에게 미리 엄마의 그 냄새 문제에 관해 물어본 적이 있었다. 그녀가 별 내색을 하지 않기에 후각이 예민하지 않은 모양이라며 다행으로 여겼다.

 난동 부리듯 소리 질러대는 엄마를 피해 나는 밖으로 나왔다. 잠시라도 광태(狂態)의 현장에서 벗어나야 숨을 쉴 수 있을 것 같았다. 101동 앞을 지나다 말고 나는 경호에게 전화를 걸었다. 그가 반색하며 받았다.

 "웬일로 전화까지?"
 "있지, 경호 씨, 저기… 혹시라도 나한테 수상한 기미가 보이면 언제라도 숨김없이 말해 줘요. 엄마를 보면서 생각하는 게 많아졌어. 우리 엄만 나라도 있지만 만약 내가 치매에 걸리면 도와줄 사람이 없잖아. 지금 이 말, 진지하게 하는 거니까 부탁해요."

"헤이, 이 친구야, 아직은 아니지. 암튼 알았네. 그 약속은 지킴세. 그러려면 나를 자주 만나 줘야겠지?"

경호는 웃으며 전화를 끊었다. 정이 염려되거든 치매 검사를 받아보라는 말과 함께.

나는 얼마간 우두망찰하며 단지 내를 이리저리 걸었다. 어린이 놀이터 옆 잔디밭에서 뒹굴던 검정고양이가 정자 쪽으로 느릿느릿 걸어가는 게 눈에 들어왔다. 화단 주변에선 군락을 이룬 클로버꽃에 벌들이 잉잉대고 있었다. 나는 깊은숨을 내쉬며 클로버를 바라보았다.

여섯 살 때였나. 나는 동네 언니들이 하는 것처럼 클로버 꽃송이 줄기를 반으로 쪼개어 길게 가른 다음 반지를 만들어서 엄마에게로 갔다. 가는 도중 반지가 끊어져 버렸다. 울면서 엄마에게 자초지종을 얘기했다. 그러자 엄마는 내 손을 붙잡고 클로버가 있던 풀밭에서 꽃을 따기 시작했다. 그런 후 엄마는 꽃송이 두 개를 엇갈리게 엮어 쌍반지를 만들어 주었던 기억이 떠올랐다. 그때였다. 왼쪽 나무 벤치 쪽에서 누군가 내 쪽으로 다가왔다.

"나두!"

언젠가 봤던 그 할머니였다. 까막골에 살았다던 그 할머니. 나는 그녀에게 웃음을 보냈고 그녀는 내 옆으로 바짝 붙어 앉았다.

"할머니, 반지 만들어 드릴게요."

나는 지난날 엄마가 내게 하듯이 두 개의 꽃송이로 반지를 만들어 그녀의 손에 묶어 주었다. 할머니가 손가락을 움직일 때마다 그녀의 깡마른 손등 위에 불거진 정맥이 푸른 지렁이처럼 꿈틀거렸다. 할머니가 만족한 듯 웃으며 나를 바라봤다.

"이쪽 손에두. 엄마한테 자랑할 거야."

"그럴게요."

팔찌까지 만들어 묶어 주자 할머니는 더욱 환한 표정으로 내 손을 잡았다.

"나랑 같이 우리 집에 가. 버스 타야 해. 버스 타러 가."

그때 핸드폰이 울렸다. 연경이었다. 나는 할머니로부터 손을 가볍게 빼내며 전화를 받았다.

"언니, 어디 있어? 지금 고모 집에 왔는데 벨 눌러도 안에서 이상한 소리만 들려요."

"그래? 근데 니가 웬일이야? 나, 지금 단지 안에 있어. 곧

들어갈게."

 전화를 끊고서야 오늘 연경이가 온다고 했던 게 생각났다. 그새 잊고 있었다니 기가 찰 노릇이었다. 까막골 할머니에게 버스는 다음에 타자 하고는 빠른 걸음으로 도망치듯 벗어났다.

 엘리베이터 문이 열리기 바쁘게 연경의 얼굴이 보인다. 분홍 헝겊 마스크 위로 외숙모를 빼닮은 반달눈이 웃고 있다. 연경은 뭔가를 잔뜩 들고 있기에 나는 연경의 짐 가방을 받아 들고 번호 키를 누르며 가쁜 숨을 몰아쉬었다.

 "미안해. 너랑 약속한 걸 깜빡했어. 아침까지도 기억했는데. 요즘 내가 이렇다."

 연경이 정색하고 나를 바라보았다. 어쩌면 그렇게 까맣게 잊고 있었는지 모를 일이었다. 안으로 들어서자, 내가 집을 나설 때까지만 해도 누워 있던 엄마는 거실 소파에 우두커니 앉아 있었다. 문 여는 소리와 함께 두 사람의 등장으로 겁이 났는지 엄마 얼굴이 경계의 빛으로 굳어졌다. 빗질도 못 하게 하는 탓에 머리가 수세미처럼 엉겨 있어 엄마의 몰골은 넋 나간 사람처럼 보였다.

"고모, 저 왔어요. 고생 많으셨죠?"

연경이 다가가자, 엄마는 연경을 뚫어져라 쳐다본다. 그러면서 오른손으로 왼쪽 어깨를 긁적였다.

"엄마, 연경이가 엄마 드리라고 뭐를 잔뜩 사 들고 왔네요."

엄마는 연신 우리 둘을 번갈아 바라보더니 이번엔 왼손으로 오른쪽 겨드랑이를 긁었다. 나는 내 바지 주머니에 넣었던 클로버꽃을 꺼내 연경에게 주며 눈을 꿈적거렸다.

"과일 좀 씻어 올 테니 네가 이걸로 반지 좀 만들어 끼워 드려 봐."

"그럴게요. 호호, 고모, 손가락 내밀어 보세요. 꽃반지 만들어 드릴게요."

나는 주방에서 참외를 씻으며 슬쩍슬쩍 엄마 쪽을 바라보았다. 엄마는 몸을 긁적이던 손을 얌전히 연경에게 내어 주며 아까 그 까막골 할머니처럼 왼손가락을 부챗살처럼 펼친다. 그 모습이 아이처럼 애틋했다. 하루에도 수없이 반복되는 감정의 롤러코스터.

접시에 딸기를 올리고 둥글게 편으로 썬 참외를 담다 말고 나는 까막골 할머니가 눈에 밟혔다. 이럴 줄 알았으면 며느리의 전화번호나 알아 둘 것을. 지금쯤 그녀는 집

나간 시어머니를 찾느라 여기저기 배회하고 있을 것이다.

"엄마, 딸기가 정말 맛있어요. 참외도 꿀맛이네요."

쟁반 위에 있던 과일 접시를 거실 탁자 위에 올려놓으며 나는 포크에 찍은 딸기를 엄마에게 건네었다. 엄마는 뿌루퉁한 얼굴로 나를 보더니 포크를 연경에게 권하며 나에겐 저리 가라는 손 신호를 보냈다.

"할머넌 먹지 마. 저리 가."

마스크를 벗은 연경이 민망한 듯 나를 바라보고는 엄마에게 한마디 했다.

"어휴, 고모도 참. 할머니가 뭐예요? 고모 딸이잖아요, 정인 언니."

그러면서 연경은 웃지도 울지도 못 하겠다는 표정으로 나를 바라봤다.

"연경아, 내가 만날 이러고 산다."

"언니 혼자 고생하지 말고 한나절 돌봐 주는 시설 같은 데라도 알아보세요."

"작년에 한 달 시도해 봤는데, 엄마가 너무 힘들다며 못 견뎌 하시더라. 노인네를 진종일 의자에 앉혀 놓으니까 집에 오면 언제나 초주검이 되시더라고. 친구들은 요양원 얘기를 하는데, 그것도 나는 아직 내키질 않아."

"그런 거 보면 언니가 참 효녀예요."

 효녀, 효녀. 사는 동안 그 소리 꽤나 들어 왔다. 근데 내 생각엔 틀린 소린 아니나 맞는 소리도 아닌 듯하다.

 엄마는 꽃반지와 팔찌가 마음에 드는 듯 아기 주먹만 한 딸기와 과일을 먹으면서도 반지에서 눈을 떼지 않았다. 내가 엄마 입가에 흐르는 딸기즙을 티슈로 닦아 주려 하자 무슨 생각에선지 엄마는 나를 다시 밀쳐 내었다.

"할머닌 저리 가. 왜 남의 집에서 사는 거야? 나가!"

 그러면서 연경에게 눕고 싶으니, 방으로 데려가 달라고 부탁했다. 그건 자겠다는 뜻이므로 나는 연경을 향해 싱긋 웃었다. 그들이 방으로 들어간 후 나는 과일 접시를 손에 들고 소파에 깊숙이 앉아 등을 기대며 두 다리를 탁자 위에 올려놓았다. 연경이 거실로 나온 것은 몇 분쯤 지나서였다.

"고모는 졸음이 오는가 봐요. 늘 낮잠을 주무시나요?"

"그러면 좋게? 그런 날은 별로 없는데 오전에 난리를 피운 날엔 간혹 낮잠을 자기도 하셨어. 진이 빠지니까 그렇겠지."

"고모 주무시게 우리는 언니 방에 가서 얘기해요."

 나는 먼저 내 방으로 들어가 팔걸이의자의 위치를 바꾸

고 화장대 스툴을 테이블처럼 놓고는 그 위에 과일 접시를 올려놓았다.

"넌 팔걸이의자에 앉아라. 난 침대에 앉을 테니."

연경은 의자에 앉으며 방을 휘이 둘러보았다.

"언니, 힘들어서 어떡해?"

"늘 겪는 일이라 지겨우면서도 익숙해. 근데 우리 엄마 몸에서 냄새 심하게 나지?"

"무슨 냄새? 그런 거 잘 모르겠던데."

"그랬어? 너 혹시 후각이 나쁜 거 아니니?"

"내 코가 나쁘다구? 언니, 내 별명이 개코야."

"진짜?"

과일 접시를 앞에 놓고도 먹을 염도 없이 나는 냄새 얘기에만 열중했다. 조금 전만 해도 구미 당기던 과일이 냄새 얘기 바람에 맛이 싹 달아나는 것 같았다. 연경이 말을 받았다.

"내가 남편과 살면서 그것 땜에 얼마나 다투는데? 코가 예민해서 남편 몸 냄새를 부위별로 구별할 정도라고."

"정말? 근데 우리 엄마 그걸 못 맡아?"

"그거라니?"

갑자기 '악취'라는 단어가 떠오르질 않아 '그거'라고 했다. 요샌 별것도 아닌 단어들이 이렇듯 꼭꼭 숨어버리곤 한다.

"뭐랄까, 설명하긴 힘든데 나는 그 냄새를 썩은 굴비 냄새라고 부르지."

"언니도 참. 사람은 누구나 체취가 있어. 더구나 노인이 되면 특유의 냄새가 난다고들 하는데, 고모 정도는 악취는 아니라고. 그걸 악취라고 하면 언니나 나도 다 악취가 난다고 해야 할 걸."

충격이었다. 엄마에게 별 냄새가 나질 않는다니? 나는 엄마의 방으로 들어가 확인하고 싶은 충동을 누르며 딸기 두 개를 한꺼번에 입에 넣었다. 연경이 나를 뚫어지게 바라보았다. 멋쩍음을 만회하려 나는 태연히 말했다.

"야, 과일이나 먹자. 맛있네."

연경은 포크로 참외를 찍어 잠시 손에 들고만 있더니 근심스러운 얼굴로 묻는다.

"언니, 고모 몸에 진짜 무슨 벌레가 있는 건 아니겠지?"

"물론 아니지. 보조기 한 다음부터 그러셔. 보조기 땜에 몸이 근지러운 걸 확대해서 말하는 것 같아."

"근데 아버지 말로는 고모가 진짜 벌레가 있는 것처럼 힘들어하시더라는데?"

"그건 맞아. 엄마 성격이 별나서 그럴지도 몰라. 신경성일 거야. 엄마가 본디 이상한 구석이 많았어."

"언니, 언니가 신경성 얘기를 하니 나도 방금 언니가 썩은 굴비 얘기하는 게 신경성이 아닌가 싶더라고."

"내가?"

억양이 나도 모르게 뾰족하게 튀어나왔다. 자기 소리에 스스로 머쓱해질 정도로. 연경이 놀랐는지 두 눈을 동그랗게 떴다.

"언니, 화났어? 난 그냥 언니도 고모 땜에 힘드니까 짜증이 나서 악취라고 생각하는 건 아닌가 싶어서…. 내가 개코라지만 혹시 모르니까 다른 사람에게 맡아보라고 하면 어떨까? 자연스럽게 사람들을 집에 불러서 말이야. 그나저나 언제부터 고모 몸에서 악취가 난다고 느낀 거야?"

"그게, 음, 그러니까…"

연경의 질문에 나는 갑자기 막막함을 느꼈다. 글쎄 그걸 언제 적부터라고 해야 하나? 오래된 것 같기도 하고 시나브로 그랬던 것 같기도 한데.

"갑자기 물으니 기억이 나질 않는다만, 어떤 땐 아주 오래 전부터 그랬던 것 같기도 하고, 나도 오락가락하는구나."

"아버지가 언니 걱정을 많이 해."

"무슨 걱정을?"

"왜 걱정이 안 되겠어? 한 분뿐인 고모도 저러시고, 언니는 가족도 없이 혼잔데."

"하긴 형제가 하나만 더 있었어도 얼마나 좋았을까 싶을 때가 많아."

"아버지한테 나도 그런 얘길 드린 적이 있었지."

"난 네가 부러울 때가 있어. 참 연실이는 잘 지내니?"

"카톡은 자주 해. 걔는 제주 풍경 사진을 자주 보내와."

"제주라니? 걔가 제주 갔어? 아참, 연실이가 제주에 살지? 요샌 나도 정신이 자주 깜빡거려. 이게 다 엄마 땜에 얼이 빠져서 그런 거 같아. 냉장고에 뭘 꺼내러 갔다가 냉장고 문을 열면 뭘 가지러 왔는지 생각이 안 나는 거야. 희한한 건 되돌아서 제자리로 돌아오면 그땐 생각이 나더라."

연경은 말없이 참외만 먹고 있다. 나는 침대 위에 앉아 두 다리를 쭉 뻗고 천정을 쳐다보다가 기습하듯 연경에게 물었다.

"너, 외삼촌에게 우리 아버지 얘기 들은 적 있지?"

연경은 멈칫하더니 이내 눈을 크게 떠 보이며 대답했다.

"고모부 얘기? 내가 뭘⋯."

"엄마도 외삼촌도 아버지 얘기를 안 하시니까 아버지가 진짜 있기나 했나 싶을 때가 있어. 이건 너한테만 처음 하는 말인데, 정말 그랬어. 사진 하나 남아 있질 않다니 그게 말이나 되냐고? 어쩌면 나는 고아가 아니었을까?"

"아이구, 언니도 너무 오버한다."

"혹시 우리 아버지가 바람나서 도망가 버린 건 아닐까? 옛날엔 첩을 얻은 남자들이 그렇게 많았다잖아. 가끔은 우리 아버지가 진짜 죽기는 죽은 건가 의심이 들 때도 있어. 그러다가 아버지가 있긴 했나 하는 생각도 들고. 너는 이런 내 마음을 모를 거야."

사실이었다. 가끔은, 가끔은 아버지가 사무치게 그리웠다. 어릴 때 엄마에게 매를 맞은 날이면 있지도 않은 아빠를 부른 적도 있었다. 애들은 울 때 보통 엄마를 부르지만, 초등학교 1학년 때 동네에서 딱 한 명 그런 애를 본 적이 있다. 그 애는 울면서 자기 아빠를 불렀다. 나는 그 애를 떠올리며 어느 날 그 애 흉내를 내보았다. 엄마 지갑 안에서 몰래 꺼냈던 지폐 한 장, 정확한 기억은 안 나지만 요즘으로 치면 오천 원 정도의 화폐가 아니었나 싶은데, 암튼 초등학교 3학년의 여름방학 때였다.

나는 그날따라 동네 아이들에게 으스대고 싶어서, 내 주제에 으스댈 게 뭐가 있었을까만 그래도 으스대는 시늉이라도 하고 싶어서 친구 셋을 데리고 동네 구멍가게로 갔다. 미란이와 인숙이와 효순이. 이름도 지워지질 않고 남아 있다. 그중 미란이는 덩치가 커서 왕초처럼 굴었고 인숙이와 효순이는 미란이 그늘에 붙어 보호받으며 미란이 '꼬붕' 노릇을 곧잘 했다. 그 때문에 나는 그날 미란에게 먼저 말을 건넸다. 미란은 나를 위아래로 훑더니 네가 웬일이냐는 표정으로 웃음을 날린 뒤 조금은 거만한 태도로 고개를 끄덕였다. 미란이도 나만큼이나 없는 집 아이였지만 그 애는 위로 오빠들이 셋이나 있어 그런지 당당하고 겁이 없었으며, 아이들을 은근히 괴롭히면서 그들 손에 들려 있는 군것질거리를 빼앗아 먹는 걸 낙으로 여기는 불량기가 있었다.

미란이의 호감을 살 수만 있다면 인숙이와 효순이는 절로 내게 호의적일 것이었다. 내가 그 세 아이를 데리고 구멍가게로 가서 먹고 싶은 걸 마음대로 골라 보라고 하자 그 애들은 미제 초콜릿과 입에 넣으면 볼이 미어지는 왕 눈깔사탕과 바닐라 향 웨하스를 골랐다. 내 몫으론 분홍 색깔 풍선껌을 고르고 돈을 내밀려는 순간이었다.

저만치서 엄마가 달려오는 게 보였다. 척 보아도 엄마가 숨 가쁘게 내 이름을 불러대는 것 같았다. 세 아이는 엄마를 보자 뭔가 수상쩍다 느꼈는지 손에 쥐고 있던 군것질거리를 입안에 쑤셔 넣으며 먼저 도망을 쳤다. 나도 그 애들 뒤를 따라 냅다 뛰었다. 하지만 얼마 못 가 엄마 손에 어깨를 잡히고야 말았다. 쇳내가 나도록 뛰어온 엄마의 입에서 욕설이 쏟아지기 시작했다.

"이 짐승 새끼 같은 년아, 너, 오늘 내 손에 죽을 줄 알아."

엄마는 손아귀에 맹수 같은 힘을 주며 나를 질질 끌고 갔다.

"천, 천하에 못된 년…"

화가 극에 달한 엄마는 제대로 말을 잇지 못했다. 그러다 숨을 거칠게 몰아쉬며 얼른 돈부터 내놓으라고 닦달했다. 돈은 내 손에 들려 있지 않았다. 엄마는 걸음을 되돌려 나를 구멍가게로 데리고 가서 할아버지에게 우리 애가 돈을 줬다는데 받았냐고 물었으나 할아버지는 돈을 내지 않고 튀었다고 했다. 하지만 거짓말을 한 게 아니라 내 손엔 진짜로 돈이 없었다. 엄마는 난처한 표정의 할아버지에게 외상으로 달아 놓으면 곧 갚겠노라 하곤 다시 내 손목을 우악스레 휘어잡고 집으로 갔다. 그러곤 빨래

삶을 때 쓰는 기다란 막대기로 나를 패기 시작했다. 그 돈은 쌀 사려고 마련한 돈이라는 것이다.

 살점이 뭉개질 듯한 매질을 얼마간 견디다가 나는 눈알이 튀어나올 것만 같아 줄행랑을 쳤다. 이번엔 엄마가 쫓아오지 않았다. 엄마 모습이 보이질 않자 나는 비로소 맥이 풀려 땅바닥으로 풀썩 쓰러지고 말았다. 맨다리엔 시뻘건 자국이 군데군데 짧은 직선을 그리고 있었다. 살이 터져 피가 맺힌 데도 보였다. 순간 나도 모르게 가슴 저 밑으로부터 뜨거운 것이 치솟으며 "아빠!" 소리가 절로 나왔다. 그 소리는 울음과 범벅이 되어 기이하게 들려왔다. 소리는 계속 터져 나왔고 콧물은 우동 가락처럼 줄줄 흘렀다. 나는 콧물을 손등으로 문지르면서 누가 보거나 말거나 우는 짓을 멈추지 않았다. 한 번도 입 밖으로 내본 적이 없는 아빠란 단어를 내지르고 나자, 그 존재가 더 구체적 느낌으로 다가오는 것 같았다. 하여 내 설움은 배가되었고 그 바람에 나는 계속 허공을 향해 부르짖었다. 아빠, 아빠, 아빠아!

 "언니, 말하다 말고 무슨 생각해?"
 연경이 툭 치는 바람에 나는 꿈을 깨듯 옛 기억에서 벗어났다.

"으음, 그래… 그게, 저기, 내가 잠깐 옛날 생각을 했어. 엄마한테 죽도록 맞았던 일."

"언제?"

"초등학교 3학년 때. 근데 왜 우리 집엔 아버지 사진이 한 장도 없나 모르겠어. 하다못해 엄마 결혼사진도 없는 거야. 외삼촌 결혼사진은 내가 봤는데, 왜 우리 엄마 결혼사진은 없을까?"

연경은 입술을 지그시 깨물더니 "글쎄." 하며 말끝을 흐리다가 다시 말을 이었다.

"언니, 나 그 말 언니한테 벌써 몇 번째 듣는 건지 몰라. 심정은 이해가 가지만…."

그때였다.

"아줌마, 간병 아줌마, 어디 있어?"

엄마 소리가 들려왔다. 방문 쪽에 앉아 있던 연경이 먼저 나가고 나도 침대에서 내려와 안방 문 앞에 앉아 있는 엄마에게로 갔다.

"고모, 좀 주무셨어요?"

연경이 엄마 손을 잡으며 다정하게 굴자 엄마는 생뚱맞다는 듯이 연경을 빤히 바라보았다.

"고모가 누구야?"

"고모, 저 연경이에요. 아까도 보셨잖아요."

"간병 아줌마가 새로 왔어? 내 몸에 벌레 있어. 가려워. 벌레 좀 죽여 봐."

"어디요, 어디가 가려우세요?"

"가려운 게 아니라 벌레가 나를 파먹어. 이러다간 나를 죽이고 말 거야."

그 말에 연경은 당혹스러운 듯 엄마의 내의를 들치고 벌레 잡는 시늉을 하더니 눈치껏 엄마 곁을 물러나며 내게 속삭였다.

"언니, 정말 난감하네. 미안하지만 애들 때문에 이만 가 봐야겠어. 고모 얼굴만 잠시 뵙고 가려 했는데… 정말 미안해."

엄마를 그대로 둔 채 나는 연경을 배웅하러 현관을 열고 1층에 정지해 있는 엘리베이터 버튼을 눌렀다. 엘리베이터가 열리자, 연경은 안쓰러운 표정으로 나를 바라본 뒤 내 손을 지그시 쥐여 주고는 안으로 들어갔다. 문은 이내 닫혔다.

집으로 들어가려다 말고 아까 연경과 나눈 대화가 떠

올라 잠깐 3층 할머니에게 가 봐야겠다는 생각이 들었다. 연경은 엄마에게서 별다른 냄새를 맡지 못했다고 하지 않던가. 내가 가끔 용돈을 쥐여 주며 엄마를 부탁하곤 했던 3층 할머니를 불러 대질시키면 객관적인 정황을 알게 될 것이다. 나는 엘리베이터가 올라오기를 기다려 3층으로 내려갔다. 초인종을 눌렀으나 조용했다. 다시 누르니 인기척이 들리며 현관문이 열렸다.

"웬일이야? 들어올라우?"

"그게 아니구요, 지금 잠깐만 저희 집에 다녀가셨으면 해서요."

"왜?"

"뭣 좀 하나만 확인하려고요."

"뭘?"

누가 들을세라 나는 그녀의 귀에 대고 사정 얘기를 간단히 전했다. 엄마의 근황을 전해 들은 그녀는 쯧쯧 혀를 차면서 문밖으로 나왔다. 엘리베이터는 15층에 머물다 내려오는 중이었다.

"저기, 아주머니."

그녀를 호칭할 때 나는 그날의 기분대로 부르긴 했으나 아주머니라 부른 적이 많았다. 연배로는 할머니지만 나보다 예닐곱 많을까 한 분에게 할머니라 부르는 것도 어색한 일이었다. 엘리베이터는 거의 층마다 정지하느라 더디게 내려오다 1층을 찍고 올라오고 있었다.

"아주머닌 냄새 같은 거 잘 맡으세요?"

"무슨 냄새? 밥 타는 냄새는 귀신처럼 맡는다우. 난 전기밥솥 안 쓰고 돌솥 밥을 해 먹는데, 가스에 얹어 놓고 잠깐 테레비 보다 보면 탄내가 나는 거야. 불에 뭐 올려 놓고 텔레비전 보면 꼭 그렇다니까. 그래도 그건 치매는 아니야."

"아니죠. 그거야 저도 젊었을 때부터 곧잘 그랬는걸요."

나는 모처럼 큰소리 내어 웃었다. 엘리베이터가 열렸다. 안에는 커플룩을 입은 젊은 남녀 두 명이 타고 있었다.

나는 어디에

"송순복 할머니 보호자님 들어가세요."

간호사의 호명에 나는 진료실로 갔다. 오십 후반인 최원장은 살집 없는 얼굴에 마스크를 쓰고 있어 콧등의 굵은 안경테만 두드러져 보인다. 안경테는 흔히 볼 수 없는 암녹색이라 가운만 입지 않았다면 의사라기보다 왠지 예술가적인 느낌을 받았을 인상이다. 대리처방은 금지된 일이나 원장은 환자가 고령인 점과 동일한 질병이라는 점을 감안하여 엄마의 내원 진료를 몇 번 한 뒤엔 약을 대리처방 할 수 있도록 해 주었다. 오늘 병원에 온 것은 엄마의 잠자는 약 문제도 있지만 그보다 내 증세를 상담하러 온 이유가 더 컸다. 원장은 책상 위 컴퓨터 모니터에 시선을 두고 마우스를 움직이며 말했다.

"약이 떨어졌죠? 근데 왜 이제 오셨어요?"
"어머니가 그동안 허리를 다쳐서 병원에 계셨거든요."
"아, 그랬군요. 요즘 주무시는 건 좀 어떠세요?"
"어떤 날은 그런대로 잘 주무시고, 증세가 심한 날엔 약을 드려도 잠을 잘 못 주무세요. 밤늦도록 난리를 피우다가 지쳐 쓰러지면 조금 눈을 붙이는 정도지요."

나는 엄마의 새로운 증상을 보고하기 위해 그간 있었던 일들을 간략히 추려 전하였다. 보조기 때문인지 자꾸 몸속이 가렵다고 하소연한다는 말로 시작해 그 증세가 심할 때면 정말로 벌레가 몸에 기어다니는 것처럼 난리를 피우지만, 옷을 들춰 보면 아무것도 없다고. 이 사연을 전하는 내 목소리는 내가 듣기에도 흥분한 듯 들려왔다. 이쯤에서 말을 중단하지 않으면 그동안 쌓인 감정이 터져 나올지 모른다는 생각을 하면서도 억제되지 않았다.

"병원에선 보조기 때문에 그럴 수도 있고, 노인들의 피부 소양증일 수도 있다면서 로션을 자주 발라 주라고 했는데 도무지 차도가 없는 거 같아요. 어머니가 치매를 앓고부터는 무슨 생각엔가 한번 꽂히면 계속 그걸 물고 늘어지는 증세를 보였는데 어쩌면 그런 건지도 모르죠. 아무튼 요즘 그 일로 저마저도 미칠 것만 같아요. 그런 데다 제게도 문제가 생겼어요. 이상한 냄새를 맡는 증세라고나 할까. 자꾸 생선 썩는 냄새가 나는 거예요."

순간 원장은 내 쪽으로 얼굴을 돌리며 눈을 크게 뜨더니 안경을 한 차례 벗었다가 다시 귀에 걸면서 물었다.

"우선 어머니 얘기부터 마무리합시다. 거동에 큰 지장 없다면 한번 모시고 나오세요. 일단은 환자분의 얘기를 직접 듣는 것이 중요하니까. 한데 윤정인 씨가 생선 썩는 냄새를 맡기 시작한 건 언제부터예요?"

의혹을 머금은 듯한 원장의 표정이 부담스러워 나는 병원 창밖으로 보이는 플라타너스의 너른 잎이 너울거리는 것에 시선을 돌렸다. 긴장해선가 가슴 두근거리는 게 내 귀에 들리는 것만 같고 사실을 얘기했다가 원장에게서 듣게 될 불길한 말도 지레 두려웠다. 지금 엄마 일만으로도 벅찰 노릇인데, 만약 내게까지 무슨 문제가 생긴 거라면 그건 정말 절망적인 걸 테니까.

"본인 증세를 말씀해 보세요."

"저의 어머니의 몸에서 굴비 썩는 냄새를 맡는 증세라고 해야 하나? 근데 알고 보니 그게 저만 그렇게 느끼는 거였더라고요."

"그걸 어떻게 아셨어요? 아니면 본인의 짐작으로 그렇

다는 건가요?"

 원장은 내가 긴장하고 있는 걸 눈치채곤 말을 천천히 부드럽게 했으나 눈매만은 나를 예의 주시하고 있었다. 원장의 질문에 나는 그동안 있었던 일들을 낱낱이 보고했다. 연경이가 왔던 날의 일로부터 3층 할머니와 있었던 얘기까지도.

 그러니까, 그날 이런 일이 있었다. 3층 할머니를 불러 집 안으로 들어갔을 때 엄마는 거실 바닥에 앉아 있다가 언제나 그랬듯 인기척 소리에 놀란 표정을 지었다. 문 열리는 소리와 사람 오는 걸 부담스러워했던 엄마는 눈동자를 불안하게 굴리며 우리 두 사람을 번갈아 쳐다봤다.
"엄마, 3층 할머니가 엄마 뵙고 싶어 오셨어요."
 3층 할머니는 잠깐 마스크를 벗고 엄마에게 얼굴을 확인시킨 뒤 다시 마스크를 귀에 걸었다.
"어르신, 얼마나 고생하셨어요? 허리는 좀 그만 하세요?"
 엄마는 연경이 가고 난 뒤 나타난 또 다른 인물에 대해 혼란이 오는 듯 대답하지 않았다. 나는 주방에서 마실 것을 챙기며 3층 할머니를 불렀다. 그리곤 내 오른손 검지를 코에 대며 신호를 보냈다. 엄마에게서 무슨 냄새가 나는지를 맡아보라는 뜻이었다. 그날 3층 할머니는 내가 대접한 오렌지 주스를 마시곤 이내 자기 집으로 돌아갔는데 나는 그녀를 배웅하기 위해 따라나간 뒤 엘리베이터가 올라오는 동안 물어보았다.

"무슨 냄새 못 느끼셨어요?"

"아니."

"생선 썩은 냄새 비슷한 거 안 났어요?"

"아이고, 무슨 소리? 내가 어머니를 한두 번 봤나? 사람 사는 집에 가면 그 집안 냄새는 있지. 밥을 먹었으면 그날 먹은 반찬에 따라 퀴퀴한 된장 냄새도 나고 김치 냄새도 날 테고. 근데 생선 썩은 내라니 말도 안 돼. 혹시 자기 코에 문제 있는 거 아냐? 축농증 같은 거?"

축농증이라, 그런 건 아닌 것 같은데. 그렇다면 뭐가 문제일까. 돌연 가슴이 출렁였다. 차곡차곡 조립되었던 뭔가가 와르르 무너진 느낌이었다. 내 안에 누군가가 나를 휘젓는 것만 같아 지금 나는 어디에 있는 건지, 내가 과연 나인지도 혼란스럽고 3층 할머니를 보기도 쑥스러웠다. 헝클어진 마음을 다잡으며 나는 이비인후과를 떠올렸다. 여하간에 빠른 시실 내로 이비인후과 진찰을 받아 봐야 할 것 같았다.

3층 할머니를 보내고 난 뒤 나는 작은 토마토 두 개를 십자 모양으로 칼집 낸 후 가스 불을 켜고 끓는 물에 데쳐 껍질을 벗겨 내었다. 오렌지도 껍질 벗겨 반 개 분량을 조각내어 믹서에 갈았다. 엄마는 평소 토마토와 오렌지를 섞어 만든 주스를 좋아하였다. 열에 익힌 토마토는 오렌지와 섞여 적당한 온기를 유지했고, 토마토의 신맛을 중화시켜 주었다. 거기에다 엄마가 좋아하는 단팥빵 하나를 곁들여 내놓고 나는 엄마를 구슬렸다.

"잠시만 나갔다 올 테니 이거 먹고 계세요."

　엄마는 시장기가 있었는지 눈앞 음식에만 관심을 기울였다. 나는 밖으로 나가 층계 난간에 기대어 3층 할머니에게 전화를 걸었다.

"내일 집에 계시나요? 아주머니 말씀 듣고 제가 내일 이비인후과에 가려 해요. 근처라 금방 올 테지만 혹시 환자가 많으면 전화를 드릴 테니 내일 저희 집에 잠깐만 다녀가 주시면 고맙겠네요. 저희 현관 번호 적어 두신 거 있죠?"

　현관 번호 얘기를 하려는데 정작 우리 집 도어 록 번호가 떠오르지 않았다. 이런 적이 없었기에 갑자기 눈앞이 하얘졌다. 여덟 개의 숫자로 입력해 놓았는데 첫 자리도 생각나지 않는다. 뭐였더라? 이제 내가 그녀에게 되물어야 할 판이었다. 아무튼 그녀는 내 부탁을 선뜻 수락했다. 평소 그녀에게 잘해준 게 이럴 땐 큰 힘이 되었다. 작은 일을 부탁해도 나는 언제나 넘치게 보답하지 않았던가.

최 원장에게 이런저런 저간의 사연들을 요약하여 전한 다음, 나는 이비인후과에서 X선 검사와 초음파 검사를 받았던 결과를 들려주었다. 의사가 문진하고 콧속을 진찰한 후 별다른 이상은 없어 보인다고 했지만 내가 부탁해서 두 가지 검사를 추가로 받았다는 얘기도 덧붙였다.
"그렇다면 일단 코의 문제는 아닐 듯싶군요. 아무튼 오늘은 예약 환자가 밀려 있어 어머니 약만 드릴 테니 어머닐 더 지켜보세요. 물론 본인 문제도."
최 원장은 내원 환자들이 기다리는데 내 얘기가 길어지는 게 신경 쓰인 듯 미간을 가볍게 찌푸렸다. 아무래도 상황을 더 지켜본 뒤 면담 예약을 다시 잡아야 할 것 같아 나는 미진한 마음으로 병원을 나섰다.
밖은 찜통처럼 후텁지근했다. 아침에 한차례 퍼부었던 비가 습도를 올려 준 때문이었다. 예전엔 예측 가능한 장마철이 있었는데, 언젠가부터 그런 장마는 사라졌다. 지난달엔 때도 아닌데 우기처럼 며칠씩 비가 내렸다. 어느 날은 당일의 최저와 최고 기온의 차가 심하여 엄마는 아침이면 난방을 한 방에서도 춥다면서 겨울 스웨터를 걸치고 있다가 낮이 되면 땀을 흘렸다.

  병원에서 머문 시간은 예상보다 길어졌다. 집까지 가려면 십여 분은 잡아야 한다. 늦어지면 3층 할머니에게 전화 건다는 게 원장과 얘기를 주고받느라 그만 깜빡 잊고 말았다. 오가는 시간까지 합해 1시간도 넘게 밖에 있은 셈이다. 늦었지만 이제라도 3층에 연락을 취해야겠다 싶어 전화하여 집엔 15분쯤 뒤에 도착할 테니 잠시 우리 집에 가 봐 달라고 하였다.

  날씨가 무더운 데도 나는 숨이 차도록 걸음을 재촉했다. 엄마가 혹시라도 사고를 낸 건 아닐까 싶어 마지막 가스 불을 쓰고 중간 밸브를 잠갔는지를 기억해 내려 했으나 토마토를 데친 후 어떻게 했는지가 도무지 생각나지 않아 가슴이 바짝바짝 죄어들었다. 생각나지 않는 것을 끄집어내려니 뒷골까지 당겼다.

  허겁지겁 아파트 로비에 들어섰다. 나를 본 경비 아저씨가 경비실 안에서 튕기듯 나오며 말했다.

  "어딜 다녀오세요? 빨리 댁으로 가 보세요. 난리가 났었습니다."

"무슨 일인데요? 병원에 다녀오는 길이에요."

"글쎄, 어르신이 갑자기 불이야! 하고 소릴 지르신 바람에…."

"불이요?"

"일단 올라가세요."

경비는 짧게 대답했고 나는 엘리베이터에 오르며 3층 할머니에게 급히 전화를 걸었다.

"무슨 일이 있었나요?"

"세상에, 간 떨어지는 줄 알았네."

"저, 지금 올라가고 있어요."

9층에 당도하니 우리 현관은 열려 있고 앞집 젊은 여자와 8층 아줌마가 함께 무슨 말인가를 수군거리고 있었다. 나는 얼른 안으로 들어갔다.

"불이 났다구요?"

"그건 아니고, 어르신이 어떻게 테레비를 켜신 모양이야. 근데 화면에서 불나는 장면이 나왔던가 봐. 놀란 어르신이 불이라고 소리치며 밖으로 나가려고 하는데, 현관문을 못 열어서 고함을 질러대신 거야. 마침 현관 청소하던 앞집 여자가 그 소릴 듣고 경비실에 연락하는 바람에 아파트가 난리였어. 다행히 내가 그때 올라왔지. 와 보니까 테레비는 켜져 있고 어머니가 벌벌 떨며 불, 불 하기에 불이 어디서 났느냐 물었더니 테레비를 가리키는 거야."

 그제야 어떤 상황인지 이해되었다. 엄마는 언젠가 이후부터 텔레비전을 켜는 법을 잊어버렸다. 어쩌다 우연히 리모컨을 누른 게 작동됐던 모양이다. 나는 놀란 가슴을 쓸어내리며 엄마를 바라보았다. 이마 위에 흐르던 땀이 눈으로 들어가 눈알이 쓰렸다. 주방으로 가서 가스레인지부터 살펴보았다. 중간 밸브는 잠긴 상태고 싱크대에서 토마토를 썰었던 칼은 개수대에 놓여 있었다. 긴장이 풀리면서 다리가 후들거렸다.

 "싫어. 싫다구. 안 가."
 병원 예약이 잡힌 날이라 나갈 준비하려고 옷을 갈아입히려는데 엄마는 싫다고 버둥거린다. 아까부터 실랑이를 벌이느라 엄마 몸엔 땀이 질펀하다. 쉬쉬한 땀 냄새와 썩은 굴비 냄새가 또다시 내 후각을 자극한다. 혹시 피부와 맞닿은 엄마 젖가슴에서 나는 냄새일까 하고 나는 등 뒤에서 엄마의 젖가슴 아래로 살짝 손을 넣었다. 그때였다.
 "싫어! 그만해! 이 개짐승 같은 놈아!"
 그와 동시 엄마가 홱 고개를 돌리며 내 손등을 물어뜯

었다. 나는 악 소릴 내면서 엄마에게서 떨어졌다. 순식간에 오른 손등에 이빨 자국이 생기고 선혈이 맺혔다. 놀란 가슴 뛰는 소리가 내 귀에까지 들려왔다. 나는 비틀거리는 다리를 일으키며 소리쳤다.

"이젠 미쳤구나. 엄마는 미친년이야."

나는 거실 서랍장으로 가서 언젠가 사두었던 지혈 붕대를 찾으며 연거푸 미친년이라고 중얼거렸다. 소파 위에 있던 핸드폰이 울렸다. 외삼촌이었다. 상대의 음성이 나오는데 붕대를 잡은 손이 벌벌 떨리기만 할 뿐 입이 떨어지질 않았다.

"여보세요? 여보세요? 나다, 정인아."

그제야 나는,

"외삼촌, 못 살겠어요. 정말 이젠 엄마를 어디로 보내버리든지 해야지 돌아버릴 것 같아요."

대답 아닌 절규에 가까웠다. 엄마가 듣거나 말거나 나는 잠시 전의 상황을 외삼촌에게 그대로 전달했다. 엄마는 여전히 '개짐승 같은 놈'만 되풀이하고 있었다. 엄마를 병원에 모시고 가야 해서 이만 끊겠다고 하자 외삼촌이 짧게 대답했다.

"그래, 일단 잘 다녀오고, 너에게 할 말도 있으니 조만

간 시간 내서 한 번 만나자꾸나."

 손등에 소독약을 바르고 응급 처치를 마친 뒤 나는 엄마에게 옷을 갈아입히는 건 포기하고 베란다에 있던 휠체어를 꺼내어 현관 밖으로 가져갔다. 달아오른 내 얼굴과 몸에서 땀이 흘렀다. 나는 수건으로 땀을 찍어내며 잠시 소파에 걸터앉았다. 병원엘 가겠다고 마음먹자, 지난번 최 원장이 귀띔해 준 말이 화살처럼 스쳤다.

 "어머니 말이 아무리 황당해도 치매로 인한 거니 맞대응은 피하고 감정 대결도 가급적 피하세요. 관심을 다른 데로 돌리는 것도 좋습니다. 인지능력이 떨어졌다 해서 자존심마저 사라지는 건 아니거든요. 증상의 경중에 따라 수치심도 느낍니다."

 그래, 나도 알고는 있다. 그날 나는 원장에게 이론상으론 알아도 실생활에선 잘 되질 않는다고 대답했었다. 원장의 말이 이어졌다.

 "사람 몸과 정신은 정말 복잡하고 신비해요. 치매란 끔찍한 병 같지만, 실은 가면을 벗겨내는 것이기도 합니다. 감춰졌던 인간의 본래 모습이 드러나서 그렇게 놀랍고 당혹스럽게 보이는 것일 수도 있다는 말이죠. 프로이트는 '잊어버렸다'라는 것은 머릿속에서 완전히 사라진 게 아니라고 말했어요. 그건 곧 무의식 속에 억압되어 있다는 말이지요. 그래서 억압의 힘이 약해지거나 유사한 자극을 받으면 그 내용이 의식의 표면으로 떠오르기도 합니다. 많이 힘들겠지만, 어머니에 대한 연민을 놓지 않으셨으면 해요. 그렇게 노력하세요, 아셨죠? 치매란 인간이 삶으로부터 느끼는 공포나 긴장, 괴로움 등에서 벗어나는 길이기도 하니까요."

이어진 원장의 뒷말은 건성 듣고 흘려버렸다. 그가 치매를 너무 미학적으로 설명하는 것 같기도 하고 엄마 편만 들어주는 것 같아 공감되기보다는 마음이 뒤틀리기까지 했다. 세상일이 어디 이론대로 되는가. 인간 감정이 어디 이성의 통제대로 순종하는가. 조금 전만 해도 그랬듯 엄마의 느닷없는 기행 앞에선 의학적인 권고가 힘을 쓰지 못한다. 하지만 오늘은 어떻게든 함께 가서 진료받게 해야겠다는 생각에 나는 잠시 호흡을 가다듬은 뒤 달콤한 음성으로 엄마를 회유하기 시작했다.

"엄마, 이리 오세요. 엄마 몸속 벌레 잡으러 병원 갈 거예요. 가서 원장님한테 벌레 잡아 달라고 하세요. 근데 엄만 왜 날 보고 개짐승 같은 놈이라고 하는 거야? 나는 놈이 아니라 년인데, 년."

'년'이라고 할 때는 부러 짓궂게 웃어 보이기까지 했다. 엄마는 길 잃은 아이 같은 표정으로 나를 물끄러미 바라보더니 미심쩍은 표정으로 휠체어로 걸어가 앉았다.

 병원 진료실로 들어서자, 엄마는 긴장된 낯빛으로 주변을 흘끔거린다.
"송 할머니, 몸속에 벌레가 있다면서요?"
 최 원장의 음성은 한껏 다정스럽다. 엄마는 원장의 태도에 다소 누그러진 표정으로 대답했다.
"살이 간지럽고 아파요. 얼마 전부터 벌레가 내 살을 파먹어. 몸속까지 후비고 들어올 것 같아요."
"아이구, 얼마나 힘드셨을까?"
 원장의 언행은 엄마의 말에 적극 동조하는 듯 보였다.
"내가 벌레 좀 잡아달라고 하면 안 잡아줘. 아프고 가려워서 죽겠는데 나를 막 무시해요."
"지금은 벌레가 어디 있는 것 같아요? 제가 한 번 봐 드려도 되겠죠?"
 엄마는 순순히 자세를 바꿔 원장 쪽으로 자기 등을 돌렸다. 원장이 자신의 하소연에 토 달지 않고 호응하는 게 마음에 드는 모양이었다. 원장은 엄마의 옷을 들어 올리며 등 부위를 훑더니 고개를 가볍게 가로저었다. 그리곤 엄마에게 바로 앉으라며 말을 계속했다.

"손톱으로 많이 긁으셨네. 근데 벌레가 너무 작아서 잡기가 힘들어요. 벼룩이나 이처럼 아주 작은 놈인가 봅니다. 우선 오늘은 벌레를 죽이는 약을 드릴 테니 그걸 몸에 바르고 처방해 준 약도 함께 드셔 보세요. 그럼 좀 나아질 거지만 그래도 차도가 없으면 다음엔 다른 방법으로 치료해 드리지요. 제가 그 벌레를 꼭 잡도록 하겠습니다."

원장은 내게 엄마를 휠체어에 앉혀드리고 다시 진료실로 들어오라 하였다. 나는 엄마를 부축해 병원 복도에 있던 휠체어에 앉힌 뒤 외래 수납이 마주 보이는 창가로 옮겨 놓았다. 그리곤 벌레 약 때문에 원장과 상의할 게 있다며 진료실로 들어갔다. 원장은 컴퓨터 키보드로 뭔가를 두드리고 있다가 손동작을 멈추었다.

"어머님 때문에 정말 힘드셨겠네요. 제 견해로는 일종의 환촉 같은 게 아닌가 싶은데, 어쨌든 환자는 사실로 여기고 괴로움을 느끼니 몇 가지 약을 써 보지요."

그 말에 나는 잠시 머뭇거리다가 입을 열었다.

"엄마 증세가 혹시 엑봄 증후군이라는 건가요?"

"아니, 그걸 어떻게 아십니까? 의사들도 잘 안 쓰는 용

어인데."

원장 표정에 웃음기가 감돌았다.

"하도 답답해서 이것저것 뒤져봤어요. 그랬더니 그런 게 나오던데요."

"허허, 혼자 공부를 많이 하셨군요. 그 질환에 대해선 몇 가지 설이 있긴 해요. 뇌 안 전두엽에 도파민, 세로토닌, 노르에프피네프린의 불균형 등. 오늘 처방할 약은 그 증세를 사라지게 한다기보다 일종의 플라시보 효과를 기대하며 드리는 약이 되겠는데, 셀레늄과 항우울제 계통을 써볼 겁니다. 그리고 어머니께 믿음을 주셨으면 해요. 필요에 따라선 이나 벼룩 잡는 시늉을 하면서 벌레 욕을 하는 것도 괜찮아요. 아이들이 길에서 실수로 넘어져 울 때 엄마들이 아이를 야단치지 않고 그 곁에 있던 돌부리나 땅바닥을 치면서 왜 우리 아기 넘어지게 했느냐고 호통을 치면 위로가 되듯 말입니다. 자 그럼, 이제부턴 윤정인 씨 얘기를 해보시겠어요? 그 냄새가 언제부터 나기 시작했는지."

원장의 질문에 대답하려는데 갑자기 머릿속이 아득해졌다. 불과 몇 달 전부터의 일인 것 같기도 하고, 더 오래전의 일인 것 같기도 한 것이. 그래서 모르겠다고 대답했다. 원장이 다시 물었다.

"혹시 스트레스를 받거나 기분이 나빴을 때 그런 냄새를 느끼는 건 아닌가요?"

"글쎄요, 제 생활에서 스트레스 없는 날은 거의 없었던 거 같으니 좀 막연하네요."

"예전에, 그러니까 어릴 때라도 좋아요, 엄마 냄새를 느낀 적이 있나요? 은근히 풍겨 나는 분 냄새일 수도 있고, 반찬 냄새, 땀 냄새일 수도 있지만…."

나는 잠시 고개를 숙이고 눈을 감았다. 엄마 냄새라, 그런 게 있었던가? 기억을 해내려니 기억이 더 멀리 뒷걸음질 치는 것 같았다. 냄새야 이것저것 있었겠지만 함께 사니 익숙해서 특별히 의식하지 못했을 수도 있을 거다. 내가 한동안 입 다물고 있어도 원장은 아무 재촉도 하지 않았다. 나는 아랫입술을 잘근거리다가 뭔가 떠오르는 게 있어 입을 떼었다.

"이게 현실에서 실제 있었던 일인지는 확실치가 않아요. 어쩌면 과거 어느 날의 악몽이 각인된 건지도 모르겠는데, 어렸을 적에 엄마가 저를 두고 도망가려 한 적이 있었어요. 그뿐만 아니라 제가 엄마를 화나게 할 때면 그런 말로 저를 겁주곤 했어요. 아무튼 불안한 분위기가 많았죠. 근데 이 말은 정확한 건 아니에요. 살아오는 동안 그런 일이 있었던 것 같이 느껴질 때가 간혹 있었을 뿐이니까. 이런 걸 데자뷔라고 해야 하나요? 근데요, 선생님, 요즘 제가 정신이 많이 흐려졌는지 실수하는 일이 잦네요. 실제와 다르게 기억하기도 하고, 냉장고에 뭘 꺼내러 가서는 기억이 전혀 안 나고, 약속한 것도 까맣게 잊어버리고. 두렵긴 하지만 치매 검사도 받아야 할 것 같아요. 엄마를 보면서 치매의 트라우마가 심각한데 저까지 그렇게 된다면 그건, 그건, 너무…."

나는 한꺼번에 과거와 현재를 쏟아 내느라 횡설수설하였다. 원장은 냄새 얘기를 물었는데 내 대답은 엉뚱한 데로 흘렀다. 말을 하면서 이건 아닌데 싶어 다시 설명하려 해도 엉켜버린 실타래처럼 해야 할 말의 가닥이 잡히질 않았다. 게다가 치매 검사 얘기까지 꺼내고 나니 더욱 두려운 생각이 들었다. 검사 얘기는 성급한 게 아닌가 싶었다. 아직은 확실치도 않으려니와 검사를 받은 뒤 혹여 치매 판정이 나온다면 나는 '멘붕'이 될 것만 같았으므로.

"치매 검사는 몇 가지가 있지만, 원하시면 간단한 검사부터 해볼 수도 있어요."

원장의 말에 나는 더욱 겁이 났다. 만약 치매라고 한다면 어쩔 것인가. 원장이 무어라고 계속 말을 하는데 나는

나는 어디에   175

대답하지 않았다. 아니, 못했다. 갑자기 긴장이 고조되며 가슴이 두근거렸다. 뭔가에 극도로 신경 쓰거나 긴장하면 나타나는 증세였다. 이럴 땐 머릿속이 뒤엉켜 아무것도 할 수가 없다. 면담은 그렇게 끝내야 했다. 검사는 다음으로 미루면서.

  엄마가 내 손등을 물어뜯었던 그날의 사태는 그예 문제를 일으켰다. 엄마의 격한 동작이 화근이었다. 엄마와 최 원장 병원에 다녀왔던 그날 오후, 엄마가 허리 통증을 심하게 호소하는 바람에 앰뷸런스를 불러 병원으로 달려갔다. 입원 첫날엔 내가 하룻밤을 꼬박 새웠고 다음 날 오후 돼서야 전 간병인과 연락되어 그녀에게 일임하고 집으로 돌아왔다.

  외삼촌이 나를 찾아온 건 그 이튿날이었다. 외삼촌은 엄마의 문병을 마친 뒤 내게 전화를 걸었다. 꼭 해야 할 얘기가 있으니 나를 만나고 싶다는 거였다.

  집에 도착한 외삼촌은 현관에 들어서다 말고 잠깐 담배나 한 대 피우고 오겠다며 돌아섰다. 표정이 소나기를 잔뜩 머금은 먹구름 같았다. 외삼촌은 이십여 분쯤 지나 돌아왔는데 어딜 헤매고 온 듯 얼굴이 상기되고 땀이 번

들거렸다.

"아무래도 술 한잔해야 할 것 같아 소주 좀 사 왔다."

들고 온 검은 비닐봉지 안엔 소주 두 병과 육포가 들어 있었다. 소주병 모양이 낯설었다.

"처음 보는 소주네요."

"제주 술인데 서울에선 구하기가 쉽지 않아 몇 군데나 헤매며 겨우 사 왔다."

뚜껑과 라벨이 푸른색이라 얼핏 청량한 음료수병 같아 보였으나 도수 표기는 21로 돼 있다. 나는 식탁 위에 소주병과 잔을 올리고 외삼촌이 사 온 안주에다 내가 준비한 두부김치를 추가해 술상을 차렸다.

"근사하네! 근데 정인아, 아무래도 내가 술 좀 마셔야 얘기가 나올 것 같다."

외삼촌 맞은편에 앉아 있던 나는 의자에서 일어나 술잔을 채웠고 잔을 받은 외삼촌은 내게도 한잔 따라주었다. 외삼촌은 뭔가 골똘한 표정으로 잔을 단숨에 비웠다. 그런 뒤 두부 한 점을 먹고 자작으로 잔을 채우며 후, 하고 긴 숨을 내쉬었다. 무슨 말이 나올까 나는 지레 긴장되었다. 외삼촌이 나지막이 입을 열었다.

"내 부탁인데… 힘들어도 엄마 좀… 불쌍히 여겨다오. 너에겐 하나뿐인 어머니고 나한텐 하나뿐인 누님이자 부모 같은 분이다. 이 말은… 누이가 눈에… 흙이 들어갈 때까지 비밀로 하라고 했다만…, 우리 누님같이 불쌍한 사람도 없을 것 같구나."

외삼촌의 입술에 가벼운 경련이 일었다. 목소리는 뭔가 북받치는 감정을 억누르는 듯 떨림을 동반했다. 나는 외삼촌의 표정이 시시각각 변하는 걸 조심스레 살폈다.

"죄송해요. 너무 걱정은 마세요. 제 엄마인데 어떻게 불쌍하지 않겠어요? 근데 무슨 말씀을 하시려는 건지 궁금해지네요."

외삼촌은 마음을 정한 듯 다시 한 번 긴 숨을 쉬고 난 뒤 말을 이었다.

"네 아버지 얘기 좀 하려 한다. 번번이 네가 궁금하다고 했지? 자식인데 어찌 궁금하질 않았겠냐?"

순간, 입에는 대지 않고 들고만 있던 술잔이, 외삼촌이 따라준 술잔이, 내 손에서 벗어나 허벅지로 떨어지며 속살을 적셨다. 외삼촌은 재빨리 식탁 위의 티슈를 뽑아서 내게 건넸다. 나는 티슈를 쥔 채로 꼼짝하지 않고 있다가 얼마 후에야 젖은 곳을 문지르며 아랫입술을 지그시 깨물었다.

그 냄새의 근원

 나를 낳아 준 엄마 송순복. 그날 외삼촌에게서 전해 들은 송순복의 과거를 요약하면 이러하다.

 순복의 아버지는 충청도 심심산골의 가난한 소작농이었다. 첫아들을 낳자, 옹색했던 집안은 기쁨으로 그들먹했으나 금쪽같던 장남이 네 살 때 이질에 걸려 사망했다. 이어 둘째를 보게 되었으나 백일을 못 넘겼다. 어린애들이 많이 죽던 시절이었다.

 다시 딸이 태어나고 여섯 살 터울의 아들이 뒤를 이었다. 집안엔 잃었던 화기가 감돌았다. 남매의 출생으로 참척의 상처가 아물어 가는가 싶던 중 할아버지와 아버지가 한날한시에 세상을 떠나는 참변이 발생했다. 억수같이 비가 오던 날 논둑을 살피러 갔던 부자가 장마로 불어난 큰 개울을 건너다가 변을 당하고 만 것이다. 평소에도 물살이 세고 수심 깊은 곳이 숨어 있는 개울이었다. 앞서가던 할아버지가 징검다리 돌이끼에 미끄러지며 개울물에 빠져 버렸다. 순간 뒤따라오던 순복 아버지가 할아버지를 구하려 뛰어들었으나 급물살에 맥없이 고꾸라졌다. 장대 같은 빗줄기는 폭우로 변하면서 개울물에 허우적거리는 두 사람을 속수무책으로 삼켜버렸다. 그들의 시신은 비가 갠 하루 뒷날 아랫마을 방앗간이 보이는 개울 근처에서 거리를 두고 발견됐는데 짐승에 뜯긴 듯 몸의 살점이 군데군데 떨어져 나가고 전신엔 피멍이 들어 있었다.

폭우가 워낙 심해 기실 두 부자가 어떻게 개울에 빠져 죽었는지는 아무도 본 사람이 없었다고 한다. 다만 그렇게 추정할 뿐이라고 외삼촌은 전했다. 마을에선 전에도 한번 그런 사고가 있었다는 것이다.

남은 가족은 할머니와 어머니, 그리고 순복이 남매뿐이었다. 당시 순복은 열다섯 살, 형만은 아홉 살이었다.

본디 빈곤했던 집안은 두 기둥이 사라지자, 끼니조차 잇기 힘든 생활이 지속되었다. 폭우에 무너진 초가는 주저앉은 두엄더미 같았고, 순복의 가족들은 산에 가서 송구를 벗겨 주린 배를 채우느라 그야말로 똥구멍이 찢어질 정도였다. 남편과 아들을 잃고 난 후 거의 실성한 듯 살아가던 할머니는 손자만은 어떻게든 잘 키워야 한다며 며느리를 종용해 순복을 수원에서 철물상을 하는 집에 식모로 보냈다. 일찍 철이 든 순복은 월급을 꼬박꼬박 모아 고향으로 보내 가족들의 생계를 도왔다.

 순복이 3년을 착실히 일한 대가로 추석 명절에 모처럼 닷새라는 황금 같은 휴가를 얻어 고향 땅을 밟았을 때였다. 두메산골을 벗어난 순복은 몇 년 새 낯빛 뽀얘진 처녀로 성장해 있었고 젖가슴도 터질 듯이 부풀어 올랐다.

 꿈결 같은 며칠이 지나고 나흘째 되던 날이었다. 순복은 마을 동무들과 헤어져 저물녘에 물레방앗간 근방을 지나고 있었다. 때마침 만월은 어머니 젖무덤처럼 부드러운 산등성이로 얼굴을 내밀며 사위(四圍)를 월광으로 물들였다. 순복은 발걸음을 멈추고 유심히 보름달을 바라보았다. 달이야 어디 간들 없을까만 둥근 산등성이로 솟는 고향 달의 유정함은 객지 달과 비교할 게 아니었다. 은은하고도 따스했다. 고향 떠나 집이 그리울 때마다, 특히 보름달이 온 누리를 밝힐 때마다 순복은 그 얼굴에 대고 식구들의 모습을 하나하나 그려 보기도 했었다. 이제

그 냄새의 근원　181

다시 집 떠나 저 달을 보며 식구들을 떠올릴 걸 생각하니 순복은 지레 눈시울이 젖어왔다.

이런 순복을 저만치 떨어진 오동나무 아래서 예사롭지 않은 눈초리로 지켜보는 이가 있었다. 머슴을 시켜 추수한 햅쌀을 자기 방앗간에 갖다 놓게 한 뒤 뒷단속을 마치고 혼자 집으로 돌아가던 윤삼득이었다. 그는 순복의 집에 소작을 주던 지주로, 슬하에 1남 4녀를 두었으나 막내였던 아들은 어린 시절 낙상으로 꼽추가 되었기에 온전한 자식이 못되었다. 그 아들은 아비의 인정을 받지 못해선지 세상에 등 돌리며 살아갔는데 어느 겨울날 마을 저수지 빙판을 걷다가 얼음이 깨지는 바람에 익사하고 말았다. 그의 처는 폐를 앓고 있어 합방은 꿈도 꾸지 못했으니 그런 아내로부터 다시 아들을 얻어내기란 하늘의 별 따기. 자나 깨나 삼득의 소원은 어떻게든 떡두꺼비 같은 튼실한 아들 하나 생산하는 일이었다.

달빛에 흠씬 젖은 순복이 만월을 향해 소원을 빌고 있을 무렵이었다. 갑자기 등 뒤에서 갈퀴 같은 손이 덮치며 그녀의 젖가슴을 움켜쥐었다. 소스라친 순복이 소리 지를 새도 없이 또 다른 갈퀴가 그녀의 입을 틀어막았다. 몸부림을 칠수록 갈퀴는 거칠어지고 등덜미로 와닿는 사내의 입김에선 단내가 풍겨왔다.

 그날 밤, 윤삼득의 방앗간에서 벌어진 일을 아는 이는 아무도 없었다. 할머니와 어머니는 늦게 돌아온 순복을 향해 치도곤을 안기면서도 별다른 의심은 하지 않았다. 딸의 모습이 어딘지 수상쩍긴 했지만 모처럼 친구들과 늦도록 떠벌이며 놀았기에 그럴 수도 있으려니 여겼다. 순복은 이튿날 아침상을 받고도 밥 생각이 없다면서 조용히 수원으로 돌아갔다. 순복의 눈매가 부어 있고 충혈돼 있어도 식구들은 단지 집 떠나는 슬픔 때문이려니 했다.
 순복이 고향으로 되돌아온 건 집 떠난 지 불과 두 달여 지나서였다. 처음 집 떠나갈 때 지녔던 초라한 무명 보따리만 가슴에 품고 돌아왔다. 편지 한 장 없이 돌아온 순복의 얼굴엔 여기저기 멍 자국이 보였고 예전의 순복이 아니었다. 어머니가 연유를 묻자 순복은 무너지듯 고개를 숙이더니 오열과 함께 저간의 일들을 봇물 터지듯 쏟아내기 시작했다. 윤삼득에게 몸을 버린 일과 태기가 있었던 일, 그리고 입덧하다가 수원 아주머니에게 오해를 받아 머리칼을 쥐어뜯기며 내쫓긴 일들을.
 날이 갈수록 순복의 배가 불러오기 시작했다. 정이월이

되었을 때 가족들은 순복을 방에 가두고 윤삼득을 은밀히 찾아갔다. 자초지종을 듣던 삼득은 자기 소행 때문이라면 천벌이라도 받겠다며 얼굴을 붉히면서도 이틀 뒤 새벽 동도 트기 전에 보리쌀 닷 말과 미역 다발을 사립문 안에 던져놓고 사라졌다. 그러나 태아는 세상 빛을 보기도 전에 유산이 되고 말았다.

그 일이 있은 석 달 뒤, 무슨 생각으로 윤삼득은 순복을 자기 집으로 불러들였고 부엌일과 아내의 병구완을 맡기며 순복이네 땟거리를 해결해 주었다. 그 덕으로 순복이네 식솔들은 배를 곯지 않아도 되었다. 순복은 낮이면 소처럼 일하고 밤이면 삼득의 요구대로 몸시중을 들었다. 물오른 어린 순복의 살맛을 알게 된 삼득은 걸핏하면 벌건 대낮에도 순복의 저고리를 풀어 헤치며 욕정을 쏟아 내었고 순복에겐 다시 태기가 돌았다. 삼득의 얼굴에 희색이 가득했다. 병든 그의 아내도 순복을 허술히 대하지 않고 탕약까지 지어 먹였으나 열 달 후에 태어난 핏덩이에겐 고추가 달리지 않았다.

순복은 열 달 내내 배 속 아이를 한스러워했지만 정작 핏덩이에게 첫 젖을 물리는 순간 아기에게 밀착되고 말았다. 출산 전엔 탯줄만 끊고 나면 아이를 삼득의 집에 두고 몰래 줄행랑을 쳐버릴까 생각했었다. 산통 끝에 핏덩이의 울음소리가 들려왔을 순간에도 독한 결심의 끄나풀을 놓지 않고 기승(氣勝)하던 그녀였다.

그러나 첫 젖을 물려 본 후의 순복은 조금 전의 그녀가 아니었다. 제 배에서 나온 핏덩이가 앵두만한 입을 벌려 젖을 빠는 순간, 젖이 도는 찌르르한 느낌과 함께 아이의 작은 목으로 유즙이 넘어가는 순간, 순복은 죽어도 이 아기와 떨어지지 못할 것 같은 운명을 저릿하게 예감하였다. 하지만 삼득은 아이에게 눈길 한 번 주지 않고 내다버리라는 말로 일관했다. 순복의 어머니와 할머니는 삼득의 발아래 엎드려 핏덩이를 봐 달라고 손이 발이 되도록 빌며 다음엔 삼신할미께 치성을 올려 반드시 고추 달린 자식을 안기겠노라 애원도 하였지만 삼득은 요지부동이었다.

결국 순복은 삼칠일도 채우지 못하고 다시 본가로 돌아와야 했다. 집에 온 지 달포쯤 되던 날이었다. 순복의 집으로 삼득이 찾아와 할머니를 조용히 불러내었다. 무슨 말이 오갔는지 그날 이후 할머니는 순복을 회유하기 시작했다. 삼득의 말을 따라야 모두가 살 수 있다며 아이를 먼 절집 마당에 두고 오자는 거였다. 순복은 할머니가 그저 답답해서 떠보는 말이려니 여겼다.

　며칠 뒤 아침이었다. 순복이 상을 물리고 아이에게 젖을 물리고 있을 때 갑자기 할머니가 방으로 들어오더니 젖을 빨고 있는 아이를 다짜고짜 빼앗아 안고는 밖으로 나갔다. 놀란 순복은 가슴도 여미지 못한 채 소리를 지르며 맨발로 뛰어나갔고 부엌에서 설거지하던 어머니도 뛰쳐나와 할머니의 뒤를 따랐다. 아이는 자지러질 듯 울음을 터뜨렸다. 갓난쟁이 울음과 두 여인의 울부짖는 소리가 차분하던 아침 들녘을 가르며 산야를 휘저었다. 순복이도 어머니도 할머니도 모두가 실성한 사람처럼 들판 길을 달려갔다.

　여기까지 이야기를 펼쳐나가던 외삼촌은 잠시 말을 멈추고 눈을 지그시 감았다. 놀랍게도 외삼촌이 이쯤 얘기했을 때까지도 나는 별 느낌이 들지 않았다. 내 출생의 서사가 너무 어둡고 신파적이며 진부한 사연이라는 게 실망스럽긴 했어도 아무튼 그랬다. 우중충한 통속 드라마 한 편을 보고 난 기분이라고나 할까. 친부를 향해 간직했던 그리움과 환상이 무참하게 박살 나며 생물학적 아버지로 대체되었음에도 이상하리만큼 충격이라거나 실망 같은 게 솟질 않았다. 나는 단지 남 얘기처럼 듣고만 있을 뿐이었다. 외삼촌이 술잔을 기울이며 아버지 이야기를 처음 꺼냈을 때의 심정과는 달리 오히려 마음이 냉각되며 평정을 되찾아 가기 시작했다. 세월의 힘일 것인가? 아니면 생물학적 아버지에 대한 과잉한 오기였을까? 그도 아니라면 그간 무수히 내 머릿속에서 오갔던 각종 시나리오 덕택으로 나는 어떤 쇼킹한 사연에도 견딜 수 있는 면역력이 은연중에 갖춰졌던 거란 말인가. 여하간에 나는 내 출생 비화에 대한 충격보다 그런 얘길 듣고도 담담한 내가 더 낯설고 이상해서 혼란스러울 지경이었다. '최루 드라마를 봤으면 울기라도 해야 하는 게 아니니, 윤정인?' 하며 반문하고 싶었을 정도로.

외삼촌은 빈 잔을 만지작거리며 하던 이야기를 이어갔다.

"그 일이 있은 얼마 뒤 누님은 어느 날 포대기에 너를 둘러업고 몰래 집을 나와 서울로 도망갔다. 수원에서 알게 된 옆집 식모 처녀와 편지 연락을 취한 후에 단행한 거였지. 너를 살리기 위해 누님은 안 해 본 일이 하나도 없을 게다. 옛날 언젠가 누님이, 그때는 너 하나에만 정신 쏟느라 사는 게 힘든지 괴로운지도 몰랐다고 하더라. 수원 친구 소개로 엄마는 효자동에 있던 어느 산부인과 병원에 들어가 병원 식구들과 환자복 빨래하는 일로 살아갔는데, 한겨울에도 너를 등에 업고 살얼음 뜨는 물에 손빨래를 했다더라. 손발이 동상에 걸려 손등은 퉁퉁 붓고 가시 찔린 듯 피가 나며 성할 날이 없었지만, 오직 너에 대한 일념만으로 모진 세월을 살아냈다고. 그 이듬해 12월, 내가 서울로 와 누님과 함께 살았단다."

마지막 퍼즐

 외삼촌이 돌아간 후에도 나는 한동안 정물처럼 앉아 있었다. 두어 시간쯤 지나서야 비로소 탄식이 내 입에서 간헐적으로 흘러나왔다. 처음엔 작고 여린 소리로, 그러다 점점 크고 센 소리로, 마침내는 가슴속의 뭔가를 토해 내듯 꺽꺽거리는 울음으로. 그렇게 얼마간을 보내고 자정이 가까웠을 때 나는 '스틸녹스' 10mg짜리 두 알을 삼키고 모처럼 죽음같이 깊은 잠을 잤다. 여덟 시간 가까이 자는 동안 수많은 꿈이 지나갔을 텐데도 아무것도 떠오르는 게 없었다, 정말이지 아무것도.
 잠에서 깨었을 때 나는 비로소 알게 된 나의 생물학적 아버지에 대한 사연을 바탕으로 그간 이해하기 힘들었던 엄마의 퍼즐을 맞춰 보기 시작했다. 언젠가 최 원장이 내게 들려준 말도 생생하게 떠올랐다. 원장은 치매란 가면을 벗겨내는 병이라고 하지 않았던가. 흘러들었던 그날의 말들이 앞서거니 뒤서거니 메아리로 되돌아와 내 귓전에서 윙윙거렸다. 모호하고 괴이쩍던 일들도 형체를 서서히 드러내며 내게 말을 걸어왔다. 엉킨 실타래 같았던 의구심의 실마리가 풀려나오자 오랜 세월 체기처럼 내 가슴을 무지근하게 하던 뭔가가 쑥 빠져나가는 것만 같았다. 그때였다. 간병인의 전화가 걸려 왔다.

"이상해요. 어르신이 아까부터 자꾸 몸부림하며 난데없이 웬 애기 얘길 해요. 살려 달라고, 살려 달라고, 이 사람 저 사람을 드리없이 불러대시네요."

순간 날카로운 불꼬챙이 같은 뭔가가 내 가슴께를 찌르고 지나갔다. 오, 송순복, 내 어머니! 뜨겁고도 예리하며 깊숙한 아픔이었다. 외삼촌의 이야기를 들을 때도 어미젖을 빨고 있는 갓난애를 무작스레 떼어내는 장면에서만은 내 숨이 잠시 멈췄었다. 젖먹이 때 일이라 당연히 기억할 수 없음에도 그러나 그 현장이 생생하게 연상되고 감정이입이 되면서 나는 엄마와 혼연일체가 된 듯 극렬한 불안과 공황, 이어지는 우리 모녀에 대한 연민을 동시다발적으로 느꼈다. 강렬했지만 다행히 그 불꼬챙이 같은 느낌은 번개 지나가듯 길지 않았다. 간병인은 무어라고 계속 떠들어대는데도 나는 대답 없이 고개만 끄덕였다. 엄마는 지금 핏덩이인 나를 찾고 있는 것인가. 그럴지도 몰랐다. 엄마가 지금 눈앞에 있다면 나는 당장이라도 쉰내 나는 그녀 젖가슴에 얼굴을 파묻고 그녀의 마른 젖을 빨아 줄 것만 같았다. 나는 빠른 어조로 간병인에게 대답했다.
"저기요, 애기 잘 있다고 하고 애기를 곧 데리고 올 거라고만 하세요. 좀 이따 제가 갈 거예요."

전화를 끊은 뒤 나는 욕실로 가 뜨거운 물을 틀어 놓고 간밤의 모든 걸 씻어 내렸다. 세찬 물줄기는 한참 동안 내 전신에 퍼부어졌고 욕조의 하수구로 물이 빠져나가는 걸 보며 나는 지난 세월도 함께 흘려보냈다.
샤워를 마친 후 커피 물을 올렸다. 지난주에 경호가 자기가 좋아하는 커피라며 놓고 간 과테말라산 커피를 개봉할 생각이었다. 경호는 나더러 썩은 굴비니 뭐니 하는 악취에 집착 말고 이 향을 즐겨보라 하였다. 젊음의 낭만이나 열정은 사위었어도 황혼을 살아가는 우리 둘의 관계는 우정적인 애정으로 접어든 듯, 언젠가 경호는 우리에게도 찾아올지 모르는 질환이나 인지장애를 염두에 두며 서로 성실한 지킴이가 돼보자고 제안했다. 그러려면 자기를 자주 만나 줘야 한다는 말도 물론 잊지 않았다.

  그날 나는 경호의 가슴에 내 얼굴을 묻었다. 난생처음 기대어 본 남자의 가슴은 듬직하면서도 편안했으며 곰삭은 세월이 되어 만난 그가 비로소 안착해도 좋을 항구같이 보였다.

  드리퍼에 커피를 내려 향을 맡은 후 나는 천천히 그 검은 액체의 맛을 음미했다. 스모키한 훈향과 함께 젊은 날의 엄마 얼굴이 아른아른 피어올랐다. 작고 가녀린 한 여인을 후벼 파며 몰아쳤을 평생의 회오리와 상흔들. 웃기고 울렸을 삶의 파편들. 인간이란 그가 가진 기억에 불과하다. 엄마는 이제 그 모든 걸 뒤로 하고 레테의 강을 향해 가며 이승의 기억을 내려놓을 것이다. 젖먹이인 나를 품다가, 자신마저 젖먹이로 돌아갔다가, 마침내는 소실점 저 너머로 사라지며 그 강을 건널 것이다.

  나는 상처투성이의 엄마를 가슴으로 품으며 엄마가 하루빨리 레테의 강을 건너 지나온 상흔들에서 벗어날 수 있기를 간절히 기원했다. 그리하여 그녀가 마침내는 자신을 품고 있던 아늑하고 따스한 모성의 자궁 속으로 환원되기를.

  이윽고 마지막 한 모금을 넘겼을 때 나는 커피 향을 머금은 채 집을 나섰다. 습기 걷힌 대기 너머로 담청색 하늘이 펼쳐 있었다. 그 창공을 향해 내 가슴 안에 갇혀 있던 한 마리 새가 날아가는 환영이 보이는 듯 하였다.

  그리고 이제 나는 더 이상 아무것도 두려울 게 없었다.

| 수상 소감 |

　장수와 치매는 현대인에게 드리운 양지이자 그늘입니다. 그러다 보니 치매 문제는 고령화 시대를 살아가는 우리 모두의 관심사인 동시 두려움이 되고 말았습니다. 그 누구도 거기에서 자유로울 수 없음을 알고 있기 때문이지요. 이런 시점에서 치매를 주제로 한 문학상을 제정한 건 매우 뜻 깊은 일이라고 생각됩니다.

　'디멘시아 문학상' 공모 소식을 우연히 알게 된 건 마감을 정확히 두 달 앞둔 어느 날이었습니다. 저는 신간 출간을 위해 원고를 써나가던 참이라 분주하고 신경이 예민해 있었습니다. 그럼에도 공모 소식을 접하는 순간 무조건 시작해 보자는 충동이 일더군요. 준비해 둔 소재가 있는 것도 아니건만 살아오는 동안 직간접적으로 보아왔던 단편적인 사례를 모티브로 해서 상상력을 가미하면 소설이 될 수 있겠다 싶었습니다. 문제는 촉박한 시간이었는데 그래도 덤볐습니다. 작품을 완성할 수만 있다면 설령 당선권에 들지 못한다 해도 소설 하나는 남겠구나 싶었으니까요. 글발이 잘 풀리는 날엔 하루에 50매도 써 나가고 그렇지 못한 날엔 출간할 책 원고 교정을 하거나 청탁 들어온 에세이 원고를 매만졌습니다. 그야말로 북 치고 장구 치는 격이었지요.

　이번 작품은 주변에서 보았던 약간의 팩트와 대부분의 픽션으로 이루어진 것으로 보면 될 듯싶습니다. 저의 집안엔 치매로 고생하신 분이 별로 없었기에 저는 가까이서 치매 환자를 보진 못했습니다. 하지만 이웃에 치매 노모와 사는 분이 있어 이따금 그녀에게 근황을 물으며 소설을 풀어갔지요. 신기한 건 소설에 등장하는 주인공 '윤정인'이 가상의 인물임에도 불구하고 소설을 써나가는 동안 제가 어느새 그녀에게 감정이입이 되어 때로는 저 자신이 송 노인의 치매 증상에 절망하고 혐오를 느끼는가 하면 때로는 연민한다는 사실이었습니다. 저는 소설 속의 송 노인이 제 어머니라도 되듯 줄곧 윤정인의 입장이 되어 써 내렸습니다. 그래서인지 탈고 뒤엔 마치 연극배우가 되어 한바탕 윤정인을 연기한 것 같은 느낌마저 들더군요. 소설은 허구였지만 제가 삶 속에서 보아왔던 뭇 인물들의 편린이 은연중 글 속에 조금씩 녹아났을 겁니다. 그리고 그 허구란 세상에서 실재했거나 그랬을 가능성을 안고 있기에 허구가 아닐 수도 있는 거였습니다. 글의 대단원을 써 내릴 때 저도 모르게 눈시울이 젖어 들고 만 것은 그 때문이었겠지요.

 대상 수상 소식에 몹시 놀랐습니다. 마감에 대느라 퇴고할 여유가 없었기에 대상이 주어지리라곤 생각지 못했으니까요. 기회의 장을 열어주신 디멘시아뉴스 및 주최 관계자분들과 부족한 작품에 영광을 안겨주신 심사위원님들께 깊이 감사드립니다. 퇴고 시간의 부족으로 오타가 많았음에도 좋은 평으로 격려해 주신 경남대 김은정 교수님께 다시 한 번 감사드립니다. 그리고 이번 수상을 계기로 치매에 대한 작품을 몇 편 더 쓰고 싶다는 소망을 품게 되었으니 작가인 저로선 이 또한 보너스를 받은 기분입니다.
 인류의 어두운 그늘인 치매도 언젠가는 극복하게 되겠지요. 하루속히 치매가 극복되는 그날이 오기를 간절히 바라면서 수상 소감을 마칩니다. 감사합니다.